AF673716

दीपक बजाज बेहद लोकप्रिय प्रेरक वक्ता होने के साथ-साथ भारत के अग्रणी जीवन और व्यवसाय रूपांतरण कोच हैं। वे 8 भाषाओं में प्रकाशित तीन पुस्तकों के नंबर वन बेस्टसेलिंग लेखक भी हैं।

व्यक्तिगत काया-कल्प के महारथी दीपक पिछले दो दशकों से लोगों को उनके सर्वश्रेष्ठ स्वरूप तक पहुँचाने के लिए प्रेरित करने और सशक्त बनाने के मिशन पर हैं। 150 से ज़्यादा देशों के लाखों लोगों ने उनकी पुस्तकों, उनके लाइव इवेंट्स, ऑनलाइन कोर्सेस तथा वीडियो प्रशिक्षणों की बदौलत अपने सपने ज़्यादा तेज़ी से हासिल किए हैं। उनके वीडियोज़ को सोशल मीडिया पर 16 करोड़ से ज़्यादा व्यूज़ मिल चुके हैं।

दीपक की तीनों पुस्तकें *बनिए नेटवर्क मार्केटिंग मिलियनेयर*, *एचीव मोर, सक्सीड फ़ास्टर* और *बनिए* सोशल मीडिया *मिलियनेयर* पूरे डायरेक्ट सेलिंग उद्योग में सबसे ज़्यादा पढ़ी जाने वाली तथा अनुशंसित पुस्तकें हैं।

दीपक के लाइव इवेंट्स और ऑनलाइन कोर्सेस से अविश्वसनीय परिणाम मिलते हैं, जिसके लिए उन्हें पूरे विश्व में मान्यता मिल चुकी है और 17 लाख से ज़्यादा लोग उनके प्रशिक्षणों में हिस्सा ले चुके हैं। कई पत्रिकाओं में उन पर लेख प्रकाशित हुए हैं और उन्हें बेस्ट डायरेक्ट सेलिंग ट्रेनर 2020 एवं 2022, बेस्ट डेब्यू ऑथर ऑफ़ द इयर 2018 तथा बेस्ट आन्ट्रप्रनर्शिप ट्रेनर ऐंड कोच आदि पुरस्कार मिल चुके हैं। वे 3 बार जोश टॉक्स स्पीकर और टेडेक्स वक्ता भी रहे हैं।

वे वार्षिक कनवेंशन्स, लिडरशिप कार्यक्रमों, सम्मेलनों, कॉर्पोरेट इवेंट्स आदि में नियमित वक्ता हैं। उन्होंने जीवन और व्यावसायिक रूपांतरण कोचिंग के ज़रिये बहुत से व्यक्तियों, स्टार्टअप्स और कंपनियों के काया-कल्प में महत्त्वपूर्ण योगदान दिया है।

आप उनसे सभी मुख्य सोशल मीडिया प्लेटफ़ॉर्म्स और www.deepakbajaj.biz पर जुड़ सकते हैं।

दीपक बजाज की मंजुल से प्रकाशित पुस्तकें :

- अचीव मोर, सक्सीड फ़ास्टर
- बनिए नेटवर्क मार्केटिंग मिलियनेयर
- बनिए सोशल मीडिया मिलियनेयर

60 मिनट में नेटवर्क मार्केटिंग

दीपक बजाज

MANJUL
मंजुल पब्लिशिंग हाउस

मंजुल पब्लिशिंग हाउस

कॉरपोरेट एवं संपादकीय कार्यालय

• द्वितीय तल, उषा प्रीत कॉम्प्लेक्स, 42 मालवीय नगर, भोपाल-462 003

विक्रय एवं विपणन कार्यालय

• सी-16, सेक्टर 3, नोएडा, उत्तर प्रदेश, 201301

वेबसाइट : www.manjulindia.com

वितरण केन्द्र

अहमदाबाद, बेंगलुरू, भोपाल, कोलकाता, चेन्नई,
हैदराबाद, मुम्बई, नई दिल्ली, पुणे

यह हिन्दी संस्करण 2022 में पहली बार प्रकाशित
द्वितीय आवृत्ति 2023

ISBN 978-93-5543-159-2

Cover design: Bhavi Mehta

मुद्रण व जिल्दसाज़ी : थॉमसन प्रेस (इंडिया) लिमिटेड

दीपक की पुस्तकों और प्रशिक्षणों पर फ़ीडबैक

दीपक बजाज भारत के अग्रणी डायरेक्ट सेलिंग विशेषज्ञ हैं। वे लोगों को ज़िंदगी बदलने का तरीक़ा सिखा रहे हैं।

—श्री सोमप्रकाश, उद्योग राज्य मंत्री, भारत सरकार

दीपक बजाज भारतीय डायरेक्ट सेलिंग उद्योग के सर्वोच्च 5 सबसे बड़े योगदानकर्ताओं में हैं।

—सेंटर ऑफ़ एक्सीलेंस फ़ॉर डायरेक्ट सेलिंग इन ऐकडेमिक्स,
शूलिनी यूनिवर्सिटी ऐंड आईडीएसए

दीपक बजाज ने भारतीय डायरेक्ट सेलिंग उद्योग में प्रशिक्षण और शैक्षणिक प्रणालियों में नई क्रांति शुरू की है। वे अपनी पुस्तकों, ट्रेनिंग प्रोग्राम्स, ऑनलाइन कोर्सेस तथा मुफ़्त वीडियोज़ के ज़रिये डायरेक्ट सेलर्स के उत्थान के लिए निरंतर कार्यरत हैं।

—डायरेक्ट सेलिंग टुडे मैगज़ीन

मुझे श्री दीपक बजाज की सफलता देखकर बहुत ख़ुशी होती है। उन्होंने अपनी डायरेक्ट सेलिंग यात्रा में जो सीखा है, वे अपने प्रशिक्षणों में दूसरों को भी वही सिखा रहे हैं और ज़्यादा तेज़ी से सफल होने में उनकी सहायता कर रहे हैं।

—डॉ. सुरेखा भार्गव, वरिष्ठ डायरेक्ट सेलर

दीपक बजाज की पुस्तकें विचारों, योग्यताओं, टूल्स और समाधानों से भरपूर हैं। वे हर एक को उसके सपनों का जीवन जीने का ज्ञान देती हैं, प्रेरित करती हैं और सशक्त बनाती हैं।

—हिंदुस्तान टाइम्स

दीपक बजाज के कार्यक्रम इस क्षेत्र के विशेषज्ञों से सही स्वप्न निर्माण, प्रोफ़ेशल मार्गदर्शन और सर्वश्रेष्ठ जानकारियाँ पाने के लिए आदर्श स्थान हैं। दीपक बजाज के प्रशिक्षण भारतीय डायरेक्ट सेलिंग उद्योग के वृहद विकास में योगदान दे रहे हैं।

—नीलेश पत्रावाला, वरिष्ठ डायरेक्ट सेलर

मिलियनेयर बनने का लक्ष्य रखने वाले हर डायरेक्ट सेलर और अन्य लोगों को यह पुस्तक पढ़नी चाहिए।

—कैलाश भटट्ड़, सीईओ - माई लाइफ़स्टाइल मार्केटिंग ग्लोबल प्राइवेट लिमिटेड

दीपक बजाज नेटवर्क मार्केटिंग के क्षेत्र में भारत के नंबर वन विशेषज्ञ, उद्यमिता परामर्शदाता, लाइफ़ कोच, काया-कल्पकारी प्रशिक्षक और प्रेरक वक्ता हैं।

—इनविंसिबल मैग्ज़ीन

दीपक बजाज के कार्यक्रम में मैंने जो ऊर्जा, ज्ञान, व्यावहारिक टूल्स और काया-कल्प देखे, वह इतनी अभूतपूर्व चीज़ थी, जो मैंने पहले कभी नहीं देखी।

—डॉ. सुरेंद्र वत्स, वरिष्ठ डायरेक्ट सेलर

दीपक बजाज डायरेक्ट सेलर्स और डायरेक्ट सेलिंग उद्योग की सफलता के लिए सही साधन, प्रशिक्षण और पूरा इकोसिस्टम बनाने के लिए दिन-रात काम कर रहे हैं।

—यूपी प्लस न्यूज़पेपर

दीपक बजाज ने मेरे व्यवसाय के लिए रणनीतियाँ और प्रक्रियाएँ बताकर मेरी मदद की। वे मेरे करियर के ग्राफ़ को 0 से 100 तक लेकर गए। वे बेहतरीन कोच हैं।

—पायल कोठारी, गट हेल्थ कोच, आईएनयूईएन ऐंड गट अवतार की संस्थापक

दीपक बजाज के ट्रेनिंग कार्यक्रमों में हर चीज़ ऐसी महसूस होती है, जैसे कोई सपना सच हो गया हो। दीपक बजाज की ट्रेनिंग में वह हर चीज़ है, जो डायरेक्ट सेलिंग में सफल होने के लिए ज़रूरी है। इस उद्योग को दीपक जैसे और लोगों की ज़रूरत है, ताकि यह न सिर्फ़ भारत में, बल्कि पूरे संसार में फैल सके।

—दीपल पत्रावाला, वरिष्ठ डायरेक्ट सेलर

नेटवर्क मार्केटिंग में बड़ी सफलता कैसे हासिल करें, इस विषय पर सर्वश्रेष्ठ पुस्तक। यह टीम के साथियों को व्यवसाय में गंभीर बनाने के लिए आदर्श उपहार है।

—मुबीन मुहम्मद, वरिष्ठ डायरेक्ट सेलर

दीपक की पुस्तकें नेटवर्क मार्केटिंग की गीता या कुरान जैसी हैं।

—डॉ. अख़्तर ख़ानवाला, अनुभवी डायरेक्ट सेलर

दीपक सर के कोर्स मिलियन डॉलर लॉटरी जैसे हैं और वो भी बहुत कम क़ीमत में। किसी को भी इनसे बेहतर प्रोग्रैम्स नहीं मिल सकते।

—सुवीर सिंह

दीपक बजाज के प्रशिक्षण का सबसे अच्छा हिस्सा डुप्लीकेशन है। मेरी पूरी टीम उनके विचारों को आसानी से दोहरा सकती है।

—रश्मि सक्सेना

आपको एक बड़ा बिज़नेस बनाने के लिए जिस मानसिकता, योग्यताओं और टूल्स की ज़रूरत है, वे सभी दीपक बजाज के एक ही कोर्स में शामिल हैं।

—शुचि कैरे

मैं अपने 20 साल के नेटवर्क मार्केटिंग करियर में जो नहीं सीख पाया, वह मुझे दीपक बजाज के ऑनलाइन कोर्स में मिल गया। यह अलौकिक चीज़ है।

—जयप्रकाश मौर्य

दीपक बजाज के कोर्सेस सिर्फ़ बिज़नेस बनाने के बारे में ही नहीं हैं। वे यह भी बताते हैं कि सही तरीक़े से जीवन कैसे जिएँ। इसने मेरी ज़िंदगी के हर पहलू को पूरी तरह बदल दिया है।

किरण जॉन

यह एक पुस्तक डायरेक्ट सेलिंग में सफलता दिलाने के लिए काफ़ी है।

—मुकेश सिंह

अब कोई मुझे रोक नहीं सकता। इस महान पुस्तक की मदद से मैं 10 साल आगे पहुँच गया हूँ।

—लोमेश चौधरी

दीपक सर का कोर्स करने के बाद मैं बिलकुल अलग इंसान बन गई हूँ। मेरे आस-पास का हर व्यक्ति मेरी तारीफ़ करता है कि मैं बहुत बदल गई हूँ और मेरा व्यवसाय भी बढ़ रहा है।

—नर्गिस सुल्ताना

दीपक बजाज की पुस्तकों में मुझे अपने सारे सवालों के जवाब मिल गए। इन्होंने मेरे व्यवसाय को रॉकेट जितनी तेज़ी से ऊपर उठाया है।

—नीतू जिंदल

दीपक सर का कोर्स करने के बाद मैं अपने भीतर सकारात्मक ऊर्जा महसूस कर रहा हूँ, जो मुझे पहले कभी महसूस नहीं हुई थीं। उनका कोर्स सिर्फ़ व्यावसायिक परिणामों के बारे में ही नहीं है, बल्कि यह तो समूचे जीवन का काया-कल्प करने वाला कोर्स है, जो जीवन के हर क्षेत्र में आपकी मदद करेगा।

—वीरेन जमानी

दीपक बजाज नेटवर्क मार्केटिंग का वन स्टॉप सॉल्यूशन हैं। इस पुस्तक को पढ़ना उन लोगों के लिए अनिवार्य है, जो ग़लतियों से बचना चाहते हैं और ज़्यादा तेज़ी से सफल होना चाहते हैं।

—विजय तेतरवाल

शुरुआत करने वालों, सक्रिय लोगों, विशेषज्ञों और प्रशिक्षकों - सभी के लिए अद्‌भुत पुस्तकें।

—प्रदीप चौधरी

समर्पण

यह पुस्तक आप में से प्रत्येक को समर्पित है, जिसके पास न सिर्फ़ सपने हैं, बल्कि उन सपनों को हक़ीक़त में बदलने की प्रेरणा और मेहनत करने का संकल्प भी है।

पिछले दो-तीन सालों में नेटवर्क मार्केटिंग उद्योग में इतने ज़्यादा परिवर्तन हुए हैं, जितने पिछले 2-3 दशकों में भी नहीं हुए थे। यह पुस्तक अपने आप में संपूर्ण व्यक्तिगत तथा व्यावसायिक काया-कल्पकारी साधन है, जो आपको इस नए युग की नेटवर्क मार्केटिंग में सफल बना सकती है।

मैं एक गाँव में बड़ा हुआ था, स्थानीय स्कूलों में पढ़ा था।, वित्तीय चुनौतियों से जूझा था, नौकरी छोड़कर उद्यमिता में उतरा था, मुझसे ग़लतियाँ हुई थीं और मैंने कई बार ज़ीरो से शुरू किया था... मैंने यह सब ख़ुद झेला है और मैं जानता हूँ कि यह कैसा महसूस होता है। मेरा यक़ीन मानें, आपके भीतर महानता के बीज हैं और यह पुस्तक आपके अंदर छिपी महानता को सबके सामने लाने की मेरी कोशिश है।

अब उन्नति करने का आपका समय है।

अपने सपनों को साकार करें।

अजेय बनें।

दीपक बजाज की डायरेक्ट सेलिंग यात्रा

दीपक बजाज हरियाणा के एक छोटे से गाँव के एक शर्मीले से लड़के थे, जो धीरे-धीरे हर मुश्किल का सामना करते हुए डायरेक्ट सेलिंग उद्योग के शिखर तक पहुँचे। इतना ही नहीं, बाद में वे अग्रणी लाइफ़ ऐंड बिज़नेस ट्रांसफ़ॉरमेशन कोच भी बने। उनकी सफलता की यह यात्रा हर एक के लिए प्रेरणा और शक्ति का स्रोत है। दीपक अपनी छोटी शुरुआत के बाद काफ़ी आगे तक आ चुके हैं और यह इस बात का जीवंत प्रमाण है कि स्पष्ट सपने, पूर्ण विश्वास, सही जीवनमूल्यों और अथक मेहनत से कितना कुछ हासिल किया जा सकता है।

दीपक का जन्म हरियाणा के एक छोटे से गाँव में सरकारी कर्मचारियों के परिवार में हुआ और वे हिंदी मीडियम के सरकारी स्कूलों में पढ़े। जब दीपक की उम्र 8 साल थी, तब उनके पिताजी कैंसर के साथ दो साल तक संघर्ष करने के बाद परलोक सिधार गए। दीपक का बचपन काफ़ी मुश्किलों में बीता, क्योंकि उन्हें बहुत सी वित्तीय चुनौतियों का सामना करने के अलावा कई दूसरी मुश्किलें भी झेलनी पड़ीं, लेकिन उन वर्षों में भी दीपक का एक सपना था - मैं किसी दिन बड़ा आदमी बनूँगा।

बड़े बनने के संकल्प के साथ दीपक ने कैट की परीक्षा पास की और एक अग्रणी मैनेजमेंट इंस्टीट्यूट से एमबीए किया। दीपक ने एक शीर्षस्थ ऑटोमोबाइल एमएनसी में सेल्स की नौकरी से शुरुआत की और तेज़ी से तरक़्क़ी करते हुए रिकॉर्ड समय में वे रीजनल मैनेजर के पद पर पहुँच गए।

28 जून, 2007 को उन्होंने अपनी नौकरी के साथ डायरेक्ट सेलिंग बिज़नेस पार्ट-टाइम शुरू करने का निर्णय लिया। उन्होंने इसे एक आक्रामक योजना के साथ शुरू किया, जो आज 90 दिनों के गेम प्लान के रूप में पूरे

संसार में मशहूर है। उन्होंने अगले तीन महीने तक दिन-रात लगातार अथक काम किया, अपनी नेटवर्क मार्केटिंग कंपनी में कई रिकॉर्ड बनाए और तीन महीने बाद कंपनी की नौकरी से इस्तीफ़ा दे दिया।

दीपक सेल्स में उत्कृष्ट थे, लेकिन उन्हें डायरेक्ट सेलिंग का कोई अनुभव नहीं था। उनके पास ट्रेनिंग प्रोग्राम और सपोर्ट सिस्टम नहीं थे, इस कारण उनकी टीम के साथी उनके काम करने के तरीक़े का अनुकरण नहीं कर पाए। इन कारणों से उनका बिज़नेस तीन बार लुढ़क कर ज़ीरो पर पहुँच गया, जिससे उनके परिवार को भारी वित्तीय संकट झेलना पड़ा। इस मुश्किल दौर में सभी रिश्तेदारों और मित्रों ने उन्हें दोबारा नौकरी करने का सुझाव दिया। कोई भी सामान्य व्यक्ति इस स्थिति में इस व्यवसाय को आसानी से छोड़ देता और कई बार तो दीपक का मन भी यही करने के लिए डगमगा रहा था, लेकिन घुटने टेकने के बजाय दीपक ने ज़्यादा कड़ी मेहनत की, ज़्यादा सीखा और इस लक्ष्य के साथ आगे बढ़ते रहे कि जो चीज़ तोड़ती नहीं है, वह आपको ज़्यादा शक्तिशाली बनाती है।

वे इस व्यवसाय के विद्यार्थी बन गए और पूरे संसार की सर्वश्रेष्ठ सफलता की आदतें सीखने लगे। उन्होंने सैकड़ों पुस्तकें पढ़ीं, हर संभव ऑनलाइन कोर्स किया और नेटवर्क मार्केटिंग के सर्वश्रेष्ठ लीडर्स से ट्रेनिंग हासिल करने के लिए पूरे संसार की यात्राएँ कीं। उन्हें जितनी ज़्यादा नहीं सुनने को मिलीं, उन्होंने अपने प्रशिक्षण और विकास में उतने ही ज़्यादा समय और धन का निवेश किया। धीरे-धीरे उन्होंने ऐसे प्रोग्राम और सिस्टम बनाए, जिनके बारे में उद्योग में पहले कभी नहीं सुना गया था। इनकी मदद से उन्होंने व्यवसाय में एक के बाद एक कई कीर्तिमान बनाए।

जब वे अलग-अलग जगहों पर व्यवसाय फैलाने लगे, तो राह में कई चुनौतियाँ आईं और उनकी कई टीमें नाकाम रहीं, लेकिन हर असफलता से सबक़ सीखकर उन्होंने अपने सिस्टम को ज़्यादा बेहतर बनाया। उन्होंने ऐसे डुपलिकेबल टूल्स बनाए, जिनका इस्तेमाल करके कोई भी, कहीं भी अपने व्यवसाय को बढ़ा सकता था, चाहे उसकी उम्र, पृष्ठभूमि, स्थान, शिक्षा, लिंग या वित्तीय स्थिति कैसी भी हो। इन सिस्टम्स और टूल्स ने उनके बिज़नेस को इतना बढ़ा दिया कि जनवरी 2009 से वह एक पैसिव इनकम जनरेटिंग मशीन की तरह काम करने लगा।

अलग-अलग नेटवर्क मार्केटिंग कंपनियों के लाखों लोग उनके टूल्स और सिस्टम्स का इस्तेमाल करके अपने सपने पूरे कर चुके हैं और अपनी कंपनियों में अच्छी रैंक्स पर पहुँच चुके हैं। उनकी तीन पुस्तकें *बनिए नेटवर्क मार्केटिंग मिलियनेयर, एचीव मोर, सक्सीड फ़ास्टर* और *बनिए* सोशल मीडिया *मिलियनेयर* पूरे डायरेक्ट सेलिंग उद्योग में सबसे ज़्यादा पढ़ी जाने वाली तथा अनुशंसित पुस्तकें हैं। इन पुस्तकों का अनुवाद 8 भाषाओं में हो चुका है और हर कंपनी के डायरेक्ट सेलर्स को बिज़नेस शुरू करने से पहले इन पुस्तकों को पढ़ने की सलाह दी जाती है। ये पुस्तकें ऐसी कारगर रणनीतियों, टूल्स, तकनीकों और जानकारी से भरी हैं, जिनकी मदद से कोई भी व्यवसाय तथा जीवन में भारी सफलता हासिल कर सकता है।

अपने लगभग दो दशकों के अविश्वसनीय अनुभव के साथ दीपक अब ब्रांड बन चुके हैं और उन्हें डायरेक्ट सेलिंग उद्योग की जीवित किंवदंती माना जाता है। उन्हें कई बार बेस्ट डायरेक्ट सेलिंग ट्रेनर ऐंड कोच का पुरस्कार मिल चुका है। कई पत्रिकाओं में उन पर लेख प्रकाशित हुए हैं और उन्हें बेस्ट डेब्यू ऑथर ऑफ़ द इयर 2018 पुरस्कार तथा बेस्ट आन्ट्रप्रनर्शिप ट्रेनर ऐंड कोच आदि पुरस्कार मिल चुके हैं। वे कई बार जोश टॉक्स और टेडेक्स वक्ता रह चुके हैं। हाल में उन्हें सेंटर ऑफ़ एक्सीलेंस फ़ॉर डायरेक्ट सेलिंग इन ऐकडेमिक्स, शूलिनी यूनिवर्सिटी ऐंड आईडीएसए द्वारा भारतीय डायरेक्ट सेलिंग उद्योग में सर्वोच्च 5 सबसे बड़े योगदानकर्ताओं में शामिल किया गया है।

10 जून 2018 से वे पूरे संसार के डायरेक्ट सेलर्स तथा डायरेक्ट सेलिंग कंपनियों को प्रशिक्षण और कोचिंग देकर डायरेक्ट सेलिंग उद्योग के विकास के लिए आक्रामक रूप से काम कर रहे हैं। 150 अलग-अलग देशों के लाखों लोग सोशल मीडिया पर उनके काम को सक्रियता से फ़ॉलो कर रहे हैं। वे अंतरराष्ट्रीय एनएलपी मास्टर प्रैक्टिशनर हैं और उन्होंने अमेरिका, सिंगापुर, यूरोप, बैंकॉक तथा भारत में विश्व के सर्वश्रेष्ठ लीडर्स और प्रशिक्षकों से ट्रेनिंग ली है।

दीपक के लाइव स्टेडियम इवेंट्स हमेशा हाउसफुल रहते हैं, क्योंकि उनमें शक्तिशाली अंतरराष्ट्रीय जानकारी, अनूठी एनएलपी आधारित प्रक्रिया, खास इंटरएक्टिव शैली तथा असली ज़िंदगी में तुरंत काम आने वाले टूल्स और तकनीकें शामिल होती हैं, जो प्रतिभागियों को तुरंत और

स्थायी काया-कल्प देती हैं। 17 लाख से ज़्यादा लोग उनसे प्रशिक्षण ले चुके हैं।

वे कई इवेंट्स, डिस्ट्रिब्यूटर मीट्स, सेमिनार्स, वार्षिक कनवेंशन्स, लीडरशिप ट्रेनिंग प्रोग्राम्स आदि में नियमित रूप से मुख्य वक्ता रहते हैं और उन्हें डायरेक्ट सेलिंग उद्योग का प्रकाशपुंज माना जाता है। वे कई अग्रणी कंपनियों के परामर्शदाता भी हैं तथा उन्हें उनकी सेल्स, बिज़नेस परफॉरमेंस, संस्कृति और सिस्टम्स को कई गुना बढ़ाने के तरीक़े बताते हैं। पूरे संसार की सभी अग्रणी कंपनियों के डायरेक्ट सेलर्स दीपक के ऑनलाइन कोर्सेस को सबसे ज़्यादा विश्वसनीय मानते हैं और उन्हें यक़ीन है कि यह परिणाम हासिल करने का सबसे तीव्र और किफ़ायती तरीक़ा है।

दीपक उत्साही पाठक, संसार की सैर में रुचि रखने वाले और एडवेंचर स्पोर्ट्स के शौक़ीन हैं।

दीपक के जीवन का मिशन लोगों को सर्वश्रेष्ठ बनने के लिए सशक्त करना है। दीपक और उनकी पूरी टीम हमेशा नए बेहतरीन टूल्स, ऑनलाइन कोर्सेस और ट्रेनिंग इवेंट्स बनाने पर निरंतर काम कर रही है, ताकि लोग ज़्यादा तेज़ी से अपने लक्ष्य तक पहुँच सकें और साथ ही ज़्यादा सुखी जीवन भी जी सकें।

आप दीपक के साथ विभिन्न सोशल मीडिया प्लेटफ़ॉर्म्स और www.deepakbajaj.biz पर जुड़ सकते हैं।

इस पुस्तक से सर्वश्रेष्ठ परिणाम कैसे पाएँ

यह पुस्तक मेरी ड्रीम प्रोजेक्ट रही है, जिसमें मैंने 17 लाख से ज़्यादा लोगों के साथ काम करने या उन्हें प्रशिक्षण देने के अपने दो दशकों के अनुभव का सार पेश किया है। इसमें 60 अध्याय हैं, जिन्हें कोई भी 60 मिनट में पढ़ सकता है। पुस्तक की कुछ विशेषताएँ ये हैं –

- इस पुस्तक में नेटवर्क मार्केटिंग बिज़नेस के बारे में 60 सबसे महत्त्वपूर्ण जानकारियाँ हैं, जो मार्गदर्शक सिद्धांत और कामकाजी रणनीतियों के रूप में आपको लाभ पहुँचाएँगी।
- हर अध्याय में एक मुख्य रणनीति है, जिसे एक पेज़ पर बड़े फ़ॉन्ट साइज़ में लिखा गया है, ताकि आप इसे देखकर तुरंत समझ सकें। हर जानकारी का विस्तृत विवरण साथ वाले पृष्ठ पर दिया गया है।
- इस पुस्तक के अध्याय एक दूसरे से जुड़े नहीं हैं। सभी अध्याय स्वतंत्र हैं। आप इस पुस्तक का कोई भी पेज़ खोलकर कहीं से भी पढ़ना शुरू कर सकते हैं।
- शेयर करना और सिखाना पढ़ी हुई चीज़ को याद रखने के सर्वश्रेष्ठ तरीक़े हैं। मैं सलाह देता हूँ कि आप जब कोई अध्याय पढ़ें, तो इसके बारे में ज़्यादा से ज़्यादा लोगों को बताएँ। जैसे फ़ोन कॉल पर, ज़ूम मीटिंग्स में, कार्यक्रमों में, व्हाट्सऐप, इंस्टाग्राम, फ़ेसबुक, टेलीग्राम या किसी अन्य मंच पर। आप जितना ज़्यादा बताएँगे, आपको उतना ही ज़्यादा अच्छी तरह याद रहेगा। और मेरा विश्वास है कि अपने साथी इंसानों को अच्छी चीज़ें बताना हर एक का कर्तव्य है।
- कृपया सभी 60 अध्याय पढ़ें; आप कभी नहीं जानते कि कौन सा विचार आपके जीवन और व्यवसाय का निर्णायक मोड़ बन सकता है।
- मुझे फ़ीडबैक देना न भूलें।

  काम पर लग जाइये और अपने सपनों की ज़िंदगी को जी लीजिए।

  आपका काया-कल्प आज से शुरू होता है।

  उन्नति करते रहें।

— दीपक बजाज

1

मंज़िल तो मिल ही जाएगी,
भटक कर ही सही; गुमराह तो वो हैं
जो घर से निकले ही नहीं।

शुरुआत में ज़बरदस्त शक्ति होती है। यह बिलकुल नए जीवन की दिशा में पहला क़दम है। आपने नेटवर्क मार्केटिंग व्यवसाय शुरू करने का विकल्प चुना है, यह इस बात का प्रमाण है कि आप अपने आगामी जीवन को सर्वश्रेष्ठ बनाना चाहते हैं। आप उन करोड़ों लोगों में से नहीं हैं, जो बस बैठकर परिस्थितियों की शिकायत करते रहते हैं और दूसरों को दोष देते रहते हैं। मेरे मित्र, आप पहले से ही विजेता हैं और मुझे आप पर बहुत गर्व है।

जब आप आगे बढ़ें, तो कृपया ये चार चीज़ें हमेशा याद रखें -

- एक छोटा सा काम 1,000 अच्छे इरादों से बेहतर होता है। निर्णय का तब तक कोई मतलब नहीं होता, जब तक कि आप उस पर काम न करें। इसलिए साहस से कर्म करें।
- लोग आप पर हँसेंगे, आपकी खिल्ली उड़ाएँगे, आपकी आलोचना करेंगे और आपको नीचे घसीटने की कोशिश करेंगे, लेकिन दूसरों की राय और आलोचना की वजह से आपको नहीं रुकना चाहिए।
- बीच में न रुकें। ऐसे समय आएँगे, जब शंकाएँ उत्पन्न होंगी, आप थकान महसूस करेंगे या परिणाम आपकी अपेक्षा के अनुरूप नहीं होंगे। हो सकता है कि इन अंधकारमय पलों में आपका इसे छोड़ने का मन हो, लेकिन बस इतना याद रखें कि आपने इसे क्यों शुरू किया था और फिर से जुट जाएँ। जब आप थके हों, तब न रुकें। बल्कि तब रुकें, जब आप वह हासिल कर लें, जिसकी ख़ातिर आपने इसे शुरू किया था।
- आपके सबसे अंधकार भरे दिन आपको सबसे ज्यादा चमकने वाले सबक़ सिखाते हैं।

2

आप संयोग से इस व्यवसाय में आ तो सकते हैं, लेकिन आप संयोग से मिलियनेयर नहीं बन सकते।

मैं नहीं जानता कि आपने यह व्यवसाय क्यों शुरू किया है, लेकिन चूँकि आपने यह शुरू कर दिया है और आप यह पुस्तक पढ़ रहे हैं, इसलिए आपको यह याद रखना चाहिए कि नेटवर्क मार्केटिंग में सफलता पाने के लिए भी उन्हीं गुणों की ज़रूरत पड़ती है, जिनकी ज़रूरत किसी दूसरे काम, पेशे या व्यवसाय में सफलता पाने के लिए होती है।

अगर किसी ने आपसे कहा है कि नेटवर्क मार्केटिंग ऐसा व्यवसाय है, जिसमें आपको कोई निवेश नहीं करना पड़ता, तो यह सरासर झूठ है। आप इस व्यवसाय में पैसों का निवेश नहीं करते हैं, लेकिन अपने मनचाहे परिणाम पाने के लिए आपको इसमें अटूट भरोसा, आत्मविश्वास, हर दिन कड़ी मेहनत और पेशेवर कार्यनीति का निवेश करने की ज़रूरत होती है, जिनकी कीमत करोड़ों रुपयों के बराबर होती है। लोग इस व्यवसाय में जो सबसे बड़ी ग़लतियाँ करते हैं, उनमें से एक यह है कि वे इस व्यवसाय का आकलन इसमें लगाए पैसों के आधार पर करते हैं, लेकिन आपको इस व्यवसाय का आकलन इस आधार पर करना चाहिए कि यह व्यवसाय आपको क्या दे सकता है, जो असीमित है।

यदि आप सचमुच सफल होने के प्रति समर्पित हैं, तो सीखने के इच्छुक बनें और इस व्यवसाय के कामकाजी सिस्टम के अनुसार काम करें।

आपका बिज़नेस आईडी, प्रॉडक्ट शॉपिंग के साथ मुफ़्त मिलता है, लेकिन आपको निरंतर कड़ी मेहनत करके सफलता, सम्मान और प्रतिष्ठा अर्जित करनी पड़ती हैं।

3

लोग कुछ प्रॉस्पेक्ट्स से 'नहीं' सुनने के बाद यह बिज़नेस नहीं छोड़ते। वे तो बिज़नेस इसलिए छोड़ते हैं, क्योंकि उनकी लिस्ट बहुत छोटी होती है।

15 वर्षों में 17 लाख लोगों के साथ काम करने के बाद मुझे अहसास होता है कि लोगों के इस व्यवसाय को छोड़ने का सबसे बड़ा कारण यह नहीं है कि उनके कुछ प्रॉस्पेक्ट्स उन्हें इंकार कर देते हैं। सबसे बड़ा कारण तो यह होता है कि उनकी प्रॉस्पेक्ट लिस्ट बहुत छोटी होती है।

कल्पना करें कि आप अपना बिज़नेस अवसर 6 लोगों को बताने जाते हैं और सभी मना कर देते हैं। अगर आपकी लिस्ट में सिर्फ़ वही 6 लोग हों, तो आपका व्यवसाय वहीं पर ख़त्म हो जाता है, लेकिन अगर आपकी लिस्ट में 300 नाम हैं, तो आपने अभी ठीक से शुरुआत भी नहीं की है। आप बस वार्म अप कर रहे हैं, क्योंकि आपके 98 प्रतिशत प्रोसपेक्टस अभी भी बचे हुए हैं।

जब आप अपनी प्रॉस्पेक्ट लिस्ट में नए नाम लगातार जोड़ने पर ध्यान केंद्रित करते हैं और अपने सहयोगियों को भी उनकी सूची बढ़ाने का प्रशिक्षण देते हैं, तो आपका व्यवसाय हमेशा फलता-फूलता रहेगा और आपके साथ ज़्यादा लोग टिके रहेंगे।

हालाँकि ज़्यादातर नेटवर्क मार्केटर्स शिकायत करते हैं कि उनकी लिस्ट ख़त्म हो गई है, लेकिन कुछ डिस्ट्रिब्यूटर्स ऐसे होते हैं, जिनके पास बड़ी प्रॉस्पेक्ट लिस्ट, अच्छा प्रभाव और अच्छी प्रस्तुति योग्यताएँ तो होती हैं, लेकिन वे इतने संकोची होते हैं कि लोगों के पास जाते ही नहीं हैं। ऐसे नेटवर्क मार्केटर्स को मैं याद दिलाना चाहता हूँ कि अपनी लिस्ट को देखने से आप अमीर नहीं बनेंगे : उस लिस्ट को बढ़िया मीटिंग्स में बदलने से आपका व्यवसाय आगे बढ़ेगा।

4

कोई भी काम अपने आप में आसान
या मुश्किल नहीं होता,
आप अपने नज़रिये और अभ्यास से उसे
आसान या मुश्किल बनाते हैं।

मेरी पत्नी बेहतरीन चपाती बनाती है, लेकिन मैं नहीं बना सकता। मैं किसी कार्यक्रम में 10,000 लोगों को प्रशिक्षित कर सकता हूँ, लेकिन मेरी पत्नी 5 मिनट तक 10 लोगों को संबोधित नहीं कर सकती। मेरा बेटा भरी गर्मी में पूरे दिन बास्केटबॉल खेलता है, लेकिन मैं यह काम 30 मिनट भी नहीं कर सकता। कुछ लोग हवाई जहाज़ या स्पेसशिप चला सकते हैं, जबकि असंख्य लोग मोटरसाइकल चलाने से भी डरते हैं।

ख़ुद से पूछें – क्या चीज़ें वास्तव में मुश्किल होती हैं या फिर आप उन्हें मुश्किल बना देते हैं? कृपया याद रखें, कोई भी चीज़ आसान हो सकती है, अगर आप इसे सीखने के इच्छुक हों और इसका लगातार अभ्यास करें, जब तक कि आप इसमें माहिर न बन जाएँ।

कभी कोई जीवन बदलने वाला अवसर सिर्फ़ इसलिए न छोड़ें, क्योंकि आपने यह काम पहले कभी नहीं किया है या यह मुश्किल दिखता है। अगर इस व्यवसाय की कुछ गतिविधियाँ आपको इस वक़्त मुश्किल लगती हैं, तो याद रखें कि पैदल चलना, कार चलाना और कई दूसरी चीज़ें, जिन्हें आप आज आसानी से कर सकते हैं, आपको किसी समय मुश्किल लगी होंगी। नियमित अभ्यास की वजह से वे आज ज़्यादा आसान बन गई हैं। हर हीरो ने किसी दिन ज़ीरो से शुरुआत की थी। आज आपकी बारी है। इसी समय कुछ नई चीज़ें सीखना शुरू करें।

5

अगर यह काम अच्छा नहीं है तो मैं भी क्यों करूँ। लेकिन अगर यह काम सचमुच अच्छा है, तो फिर इसे दूसरों को बताने में क्यों झिझकूँ?

कुछ लोग मुझसे पूछते हैं कि मैंने अपने डायरेक्ट सेलिंग बिज़नेस में पहले महीने में 2 लाख रुपये की आमदनी कैसे कमाई, जब मैं 2007 में नौकरी करने के साथ-साथ पार्ट टाइम इस बिज़नेस को कर रहा था।

मुझे इतनी बड़ी सफलता मिलने का एक अहम कारण यह था कि मैंने 100 प्रतिशत विश्वास के साथ हर दिन बहुत से लोगों को अपना बिज़नेस प्लान बताया। गहराई से देखने पर आपको ऊपर के कथन में दो जादुई बातें छिपी मिलेंगी -

- मुझे अपने व्यवसाय पर 100 प्रतिशत विश्वास था।
- मैंने हर दिन अपना बिज़नेस प्लान ज़्यादा से ज़्यादा लोगों को बताया।

अगर आप दोनों में से एक को भी चूक जाते हैं, तो आप सफल होने की उम्मीद नहीं कर सकते। बेचने की योग्यताएँ निश्चित रूप से महत्त्वपूर्ण हैं, लेकिन आप जो बेच रहे हैं, उसमें आपका पूरा विश्वास सबसे ज़्यादा मायने रखता है। पिछले दो दशकों के सेल्स अनुभव में मुझे अहसास हुआ है कि बेचना और कुछ नहीं, बल्कि सामने वाले तक अपनी भावनाएँ पहुँचाना है। आपकी मीटिंग्स में आप अपने प्रॉस्पेक्ट तक वही पहुँचाते हैं, जो आपके भीतर होता है। अगर आपमें विश्वास होता है, तो आप विश्वास पहुँचाएँगे, अगर आपमें शंका है, तो आप शंका पहुँचाएँगे। विश्वास आपके आत्मविश्वास को कई गुना बढ़ा देता है और आपकी बॉडी लैंग्वेज को भी बेहतर बनाता है।

याद रखें, आप अपनी टीम के साथियों और प्रॉस्पेक्ट्स को मूर्ख नहीं बना सकते। इसलिए या तो पूरे विश्वास के साथ काम करें या फिर बिलकुल न करें।

6

सिर पर बर्फ़
मुँह में शक्कर
पैर में चक्कर

हम लोगों से संबंधित व्यवसाय में हैं और लोगों से व्यवहार करना कई बार मुश्किल हो जाता है। हर व्यक्ति के नज़रिये, मानसिकता और भावनाएँ अनूठी होती हैं। जब आप लोगों से पेश आते हैं, तो आप दरअसल उनकी भावनाओं से पेश आ रहे हैं। *''अपने सिर पर बर्फ़, अपने मुँह में शकर और अपने पैरों में चक्कर रखें''* का स्वर्णिम नियम लोगों के बेहतर प्रबंधन में आपकी मदद कर सकता है। हमेशा याद रखें –

- हर स्थिति में शांत रहें। चीज़ें हमेशा उस तरह से नहीं होंगी, जिस तरह से आपने उनकी योजना बनाई थी। लोग हमेशा आपकी अपेक्षा के अनुरूप व्यवहार या बातचीत नहीं करेंगे। इससे चोट तो जरूर पहुँचेगी, लेकिन शांत रहें और तूफ़ान को गुज़र जाने दें, इसका जादुई परिणाम होता है। परिस्थितियाँ चाहे जैसी हों, अपने दिमाग़ को ठंडा रखने का अभ्यास करें। कई बार मसले अल्पकालीन होते हैं, लेकिन उन पर आपकी प्रतिक्रिया स्थायी नुक़सान कर सकती है।
- इसे नियम बना लें कि आपके मुँह से निकलने वाला कोई शब्द किसी को अपमानित नहीं करेगा या नीचा नहीं दिखाएगा। आवश्यकता होने पर सच्चा फ़ीडबैक दें, लेकिन आलोचना न करें। यह न भूलें कि आपके शब्द किसी संबंध को बना या बिगाड़ सकते हैं। मैंने कुछ अच्छी टीमों को सिर्फ़ इसलिए खो दिया, क्योंकि मैंने यह नियम तोड़ा था।
- हालाँकि आप नेटवर्क मार्केटिंग व्यवसाय घर से कर सकते हैं, लेकिन आपको बाहर निकल कर मीटिंग्स, कार्यक्रमों, ट्रेनिंग्स, होम मीटिंग्स, सेमिनार्स और टिम मीटिंग्स में सक्रियता से सम्मिलित होने की ज़रूरत होती है।

7

अगर ओसामा बिन लादेन ऐसे हज़ारों लोग खोज सकता है, जो उसकी ख़ातिर मरने को तैयार थे, तो आप कुछ लोग क्यों नहीं खोज पाएँगे, जो अच्छा जीवन जीना चाहते हैं?

नेटवर्क मार्केटिंग में हम जो भी करते हैं, उस हर चीज़ का मुख्य उद्देश्य हमारी टीम में कुछ ऐसे लोगों को खोजना है, जो अपने जीवन को बदलने के लिए हमारे जितने ही भूखे हों। ज़रा कल्पना करें, अगर संसार भर के हज़ारों नेटवर्क मार्केटिंग लीडर्स ने 1940 से अपने मुख्य सहयोगी खोजे हैं, तो आप अपने लीडर्स क्यों नहीं खोज पाएँगे, जो आपके साथ अपनी तक़दीर जोश से बनाना चाहते हैं? इसके लिए आपको सिर्फ़ सही बिज़नेस करने के सिद्धांतों पर अमल करना होगा और तब तक खोज करनी होगी, जब तक कि वे आपको मिल नहीं जाते।

अच्छे लीडर्स को खोजना खदान में हीरे खोजने जैसा है। कई बार आपको असली हीरे खोजने के लिए टनों पत्थर हटाना पड़ता है। लोग जो एकमात्र ग़लती करते हैं, वह यह है कि वे काफ़ी जल्दी खुदाई बंद कर देते हैं। इसलिए सपने देखते रहें और लगातार काम करते रहें।

अगर आप यह नहीं जानते कि लीडर्स को कैसे खोजें और विकसित करें, तो चिंता न करें। सभी शीर्ष लीडर्स भी यह काम शुरू करते समय यह नहीं जानते थे कि लोगों को बिज़नेस में कैसे लाना है, ट्रेनिंग कैसे देना है और सशक्त कैसे बनाना है। हर एक ने यह सब अपनी नेटवर्क मार्केटिंग यात्रा के दौरान सीखा था। समय के साथ आप भी इसमें माहिर बन जाएँगे। आप गहराई और चौड़ाई को बनाने की प्रक्रिया अपने अपलाइंस, मेरी पहली पुस्तक *बनिए नेटवर्क मार्केटिंग मिलियनेयर* या मेरे लाइव कार्यक्रमों या ऑनलाइन कोर्सों से भी सीख सकते हैं।

8

आपकी टीम वह नहीं करेगी, जो आप कहते या करते हैं, आपकी टीम तो सिर्फ़ वही करेगी, जो आप लगातार करते हैं।

एक चीज़ के बारे में बिलकुल स्पष्ट रहें – आप लोगों को मूर्ख नहीं बना सकते। अगर आपने कभी अपने ख़ुद के शहर के बाहर व्यवसाय नहीं किया है, तो यह उम्मीद न करें कि आपकी टीम आक्रामक रूप से नए शहर जीतने लगेगी। अगर आपने 5 साल पहले आख़िरी विदेश यात्रा हासिल की थी, तो यह अपेक्षा न करें कि आपकी टीम प्रतिस्पर्द्धा में विदेश यात्रा का अवसर जीत जाएगी। अगर आपको नहीं पता कि आपने आख़िरी बार व्यक्तिगत स्पॉन्सरिंग कब की थी, तो अपनी टीम से हर सप्ताह व्यक्तिगत स्पॉन्सरिंग की उम्मीद न रखें।

लीडरशिप का अर्थ उपदेश देना नहीं, बल्कि करके दिखाना होता है। लोग उनके कानों से नहीं, बल्कि आँखों से सुनते हैं। कृपया अपनी टीम के लिए प्रशिक्षक या उपदेशक न बनें। यूट्यूब और इंटरनेट उनसे भरे पड़े हैं। आपकी टीम को सच्चे लीडर की ज़रूरत है, जो निरंतर काम करता हो। आप अपनी टीम से जो भी करवाना चाहते हैं, आपको उसे निरंतर ख़ुद करना चाहिए। याद रखें, कामयाबी की कुंजी अच्छे कामों को कभी-कभार करने में नहीं है, बल्कि उन्हें लगातार करने में है।

मेरे लाइव कार्यक्रम यूसीवाइ में मेरे एक प्रतिभागी ने मुझसे पूछा – हमें व्यक्तिगत स्पॉन्सरिंग कितने समय तक करनी चाहिए? मेरा जवाब है हमेशा। अगर कोई चीज़ अच्छी है और आपको अच्छे परिणाम देती है, तो उसे करना क्यों छोड़ें?

9

साधारण लोग असाधारण एकाग्रता के साथ असाधारण उपलब्धियाँ कर सकते हैं।

ज़्यादातर लोग नेटवर्क मार्केटिंग को साइड बिज़नेस के रूप में शुरू करते हैं। वे इस व्यवसाय को पार्ट टाइम करते हैं, जिसके साथ वे किसी दूसरी नौकरी, व्यवसाय या पेशे में संलग्न रहते हैं। उनके पास पारिवारिक और सामाजिक दायित्व होते हैं। इसलिए वे इस व्यवसाय में उतना समय और ध्यान नहीं दे पाते, जितनी आवश्यकता होती है और इसलिए यह कभी उड़ान नहीं भर पाता, फिर लोग इस व्यवसाय को छोड़ देते हैं और इसकी आलोचना करने लगते हैं।

नियम बहुत सरल है – घास वहीं हरी होगी, जहाँ आप पानी देंगे। अगर आप चाहते हैं कि यह व्यवसाय आपको उत्कृष्ट मुनाफ़ा दे, तो पहले इसे अपना समय और मेहनत दें। न सिर्फ़ यह व्यवसाय – बल्कि किसी भी खेल, संबंध, नौकरी या पेशे में आपको सिर्फ़ तभी बेहतरीन परिणाम मिलेंगे, जब आप उस पर ध्यान केंद्रित करेंगे। स्टीफ़न आर. कवी कहते थे कि मुख्य चीज़, मुख्य चीज़ को मुख्य चीज़ बनाए रखना है।

एकाग्रता आपका सबसे बड़ा हथियार है। भले ही आपके पास पर्याप्त योग्यता, शिक्षा, संवाद योग्यताएँ, बेचने की योग्यताएँ, व्यक्तित्व या मंचीय प्रदर्शन योग्यताएँ न हों, लेकिन इसके बावजूद आप शीर्षस्थ सफल व्यक्तियों में से एक बन सकते हैं, बशर्ते आप एकाग्र हों। समर्पित रहें, विकास करते रहें और अपने से ज़्यादा गुणी और योग्य लोगों को खोजते रहें। आप निश्चित रूप से एक बड़ा व्यावसायिक साम्राज्य बना सकते हैं। यह व्यवसाय हमेशा उत्कृष्ट परिणाम देता है : बस लोग इसे एकाग्रता और शिद्दत से करते नहीं हैं।

10

ईश्वर आपको बड़ी टीम तभी देगें, जब आप उसके लिए तैयार होंगे।

टीम का नेतृत्व करना एक बड़ी जिम़्मेदारी है। जब लोग आपके साथ व्यवसाय शुरू करते हैं, तो वे अपने सपने और आशाएँ आपके हाथों में थमा देते हैं और उन्हें संभालना आपका कर्तव्य है। आपने व्यवसाय शुरू कर दिया और शुरुआती 10–12 लोगों को इस व्यवसाय में ले आए। अगर आप इन 10–12 लोगों का नेतृत्व और मार्गदर्शन करके उन्हें सफलता नहीं दिला सकते, तो ईश्वर आपको और ज़्यादा लोग कैसे दे सकते हैं?

हर व्यक्ति एक अच्छे लीडर के साथ जुड़ना और काम करना चाहता है। इसलिए अपनी टीम बनाते समय कृपया याद रखें कि आप उसे आकर्षित नहीं करेंगे, जिसे आप चाहते हैं, बल्कि आप उसे आकर्षित करेंगे, जैसे आप हैं। उन सभी गुणों की सूची बनाएँ, जो एक अच्छे अपलाइन या लीडर में होने चाहिए और फिर उन गुणों को अपने अंदर विकसित करने पर मेहनत करें। आपका काम ख़ुद को महान लीडर में बदलना है।

पिछले दो–तीन सालों में नेटवर्क मार्केटिंग व्यवसाय में जितने परिवर्तन हुए हैं, उतने पिछले दो–तीन दशकों में भी नहीं हुए। अब यह नए युग की नेटवर्क मार्केटिंग है। लोगों की आदतें, जीवनशैली, टेक्नोलॉजी और जीने के तौर–तरीक़े तेज़ी से बदले हैं। आप पुरानी मानसिकता, योग्यताओं और टूल्स से इस नए युग में आगे नहीं बढ़ सकते और समृद्ध नहीं हो सकते। कप्तान बनना खिलाड़ी होने से अलग होता है। अब समय आ गया है कि आप गियर बदलें और ख़ुद को अपनी टीम के एक बेहतरीन लीडर के रूप में विकसित करें।

11

धीमा और स्थिर कभी दौड़ नहीं जीतता, तेज़ और निरंतर दौड़ने वाला जीतता है

मैं हज़ारों नेटवर्क मार्केटर्स से मिला हूँ, जो कई वर्षों या दशकों से इस व्यवसाय में हैं। वे इस बात पर गर्व करते हैं कि उन्होंने इसे नहीं छोड़ा। मैं उनके जज़्बे और समर्पण की कदर करता हूँ, लेकिन सिर्फ़ व्यवसाय में रुके रहना ही काफ़ी नहीं है, बल्कि निरंतर काम करना और लगातार बेहतर बनना एक विजेता बनने के लिए बेहद अनिवार्य है। आपने एक ज़बरदस्त व्यवसाय शुरू किया है, लेकिन यह तभी काम करेगा, जब आप काम करेंगे।

खरगोश और कछुए की पुरानी कहानी सबसे बड़े झूठों में से एक है, जो हमें बताया गया है। कहानी का हीरो कछुआ बहुत धीमा है और वह दौड़ सिर्फ़ इस कारण जीतता है, क्योंकि उसका प्रतिस्पर्द्धी सो रहा था। यह असल संसार में नहीं होता। धीमा और स्थिर कभी दौड़ नहीं जीतता, दौड़ तो तेज़ और निरंतर जीतता है। आप नेटवर्क मार्केटिंग के फ़र्स्ट मूवर नहीं बन सकते, लेकिन आप निश्चित रूप से इसमें फ़ास्ट मूवर बनकर तेजी से शीर्ष पर पहुँच सकते हैं और यही अपने सपनों का जीवन जीने का एकमात्र रास्ता है।

मैंने अब तक हज़ारों कंपनियों के 17 लाख नेटवर्क मार्केटर्स को प्रशिक्षित किया है और मैंने आज तक ऐसा इनकम प्लान नहीं देखा, जो वरिष्ठता के आधार पर आय देता हो। आपकी आमदनी रैंक, वॉल्यूम और संरचना पर आधारित होती है। इसलिए आगे रहने के लिए ज़्यादा बड़े और ज़्यादा तेज़ बनें।

12

बड़ी कामयाबी एक क्रांतिकारी निर्णय से नहीं; लगातार किए जाने वाले छोटे-छोटे बदलाव से आती है।

मैंने बहुत से नेटवर्क मार्केटर्स देखे हैं, जो किसी तरह एक बड़ी उपलब्धि हासिल कर लेते हैं इस उम्मीद में की इससे उनका एक बड़ा और स्थिर बिज़नेस जम जाएगा जैसे की नई कार, विदेश यात्रा, किसी स्पर्द्धा की उपलब्धि, नया घर या फिर फुल टाइमर बनाना। हालाँकि कुछ लोग इन चीज़ों को अपनी आमदनी से ख़रीदते हैं, लेकिन कई दूसरे इन चीज़ों को ख़रीदने के लिए क़र्ज़ या शॉर्टकट या अनुचित साधनों का इस्तेमाल करते हैं, क्योंकि वे सोचते हैं कि इन उपलब्धियों से उनका ब्रांड बन जाएगा।

कृपया याद रखें कि ये सारी उपलब्धियाँ आवश्यक हैं और सही समय पर होनी चाहिए, लेकिन बड़ा और स्थिर व्यवसाय एक बड़ी उपलब्धि की बुनियाद पर नहीं बनता, बल्कि यह तो सही सिस्टम्स और मैदानी आदतों की बुनियाद पर बनता है। जब आप और आपकी टीम सीखने, सुनियोजित रूप से काम करने और प्रोग्राम केंद्रित बिज़नेस पर एकाग्रता से काम करती है तो आपका बिज़नेस अपने आप कभी ने रूकने वाले विकास की तरफ बढ़ता जाता है।

मैंने बचपन से एक सिद्धांत का पालन किया है जिसे मैं कहता हूँ, थोड़ा ज्यादा करने की शक्ति - आप वो करिए जो करने की उम्मीद की जाती है और फिर करिए थोड़ा सा ज्यादा। समय के साथ ये थोड़ा-थोड़ा ज्यादा आपको एक अजेय डायरेक्ट सेलिंग लीडर बना देगा। सिर्फ़ एक बार की अस्थायी आमदनी के लिए नहीं, बल्कि दीर्घकालीन स्थिरता के लिए दैनिक क़दम उठाएँ।

13

प्रश्न अब नेटवर्क मार्केटिंग नहीं है, असली प्रश्न तो आप हैं।

जब मैंने 2007 में नेटवर्क मार्केटिंग बिज़नेस शुरू किया, तो हमारी सबसे बड़ी चुनौती लोगों को नेटवर्क मार्केटिंग के बारे में विश्वास दिलाना थी, लेकिन आज हर व्यक्ति नेटवर्क मार्केटिंग और इसके फायदों के बारे में जानता है। अब प्रॉस्पेक्ट यह नहीं पूछते कि उन्हें यह बिज़नेस क्यों शुरू करना चाहिए। इसके बजाय वे यह जानना चाहते हैं कि उन्हें आपके साथ क्यों शुरू करना चाहिए?

आप लोगों से मिल रहे हैं और उन्हें बता रहे हैं कि उनका जीवन आपके साथ बिज़नेस शुरू करने से बदल सकता है। स्वाभाविक रूप से वे यह जानना चाहेंगे कि क्या इतने महीनों या सालों तक काम करने के बाद आपकी ख़ुद की ज़िंदगी बदली है। अपनी कंपनी या अपलाइन की उपलब्धियों के बारे में बताने से आपको कुछ समय तक ही मदद मिल सकती है, लेकिन अंततः आपको अपने प्रॉस्पेक्ट्स को एक प्रबल कारण देना होगा कि वे अपने सपने पूरे करने के लिए आप पर भरोसा क्यों करें।

अगर आपका बेटा अस्वस्थ है, तो आप सर्वश्रेष्ठ डॉक्टर की तलाश करते हैं या किसी भी डॉक्टर के पास चले जाते हैं? आप अपने बच्चे के लिए सर्वश्रेष्ठ टीचर खोजते हैं या कोई भी टीचर चल जाता है? हम सभी सर्वश्रेष्ठ डॉक्टरों, सर्वश्रेष्ठ शिक्षकों और सर्वश्रेष्ठ वकीलों की तलाश करते हैं, इसलिए वह समय निकट है कि लोग अपने साथ बिज़नेस शुरू करने के लिए सर्वश्रेष्ठ नेटवर्क मार्केटर्स को खोजेंगे। इसलिए सही तरीक़े से काम करें और सफल नेटवर्क मार्केटर की प्रतिष्ठा अर्जित करें।

14

अपने बिज़नेस को व्यक्ति संचालित नहीं, बल्कि सिस्टम संचालित बनाइये

आप बहुत से लोगों से मिलेंगे, जो सोचते हैं कि नेटवर्क मार्केटिंग काम तो अच्छा है, लेकिन इस बिज़नेस में स्थिरता नहीं है। अपने आस-पास के किसी भी व्यवसाय को देख लें और आपको अहसास होगा कि स्थिरता सिस्टम और स्केल से आती है। अगर आप स्केल यानी ज़्यादा ऊँचा स्तर, स्थिरता और विकास चाहते हैं, तो आपको अपने व्यवसाय को व्यक्ति से नहीं, सिस्टम से संचालित करना होगा।

बिज़नेसडिक्शनरी डॉट कॉम के अनुसार, सिस्टम विस्तृत तरीक़ों, प्रणालियों और दिनचर्याओं का समूह है, जो किसी विशिष्ट गतिविधि को करने के लिए बनाया जाता है। हमारे व्यवसाय में सिस्टम का मतलब है कार्यक्रमों, गतिविधियों, टूल्स और प्रक्रियाओं का दैनिक समूह, ताकि हम व्यवसाय में जो समय और मेहनत लगाते हैं, उसके बदले में हमें सर्वश्रेष्ठ परिणाम मिलें!

जब आपकी टीम बढ़ने लगती है और अलग-अलग लोग अलग-अलग जगहों पर बिज़नेस करने लगते हैं, तब सिस्टम ख़ास तौर पर महत्त्वपूर्ण हो जाता है। सिस्टम सफलता को हर एक के लिए ज़्यादा आसान और ज़्यादा तेज़ बना देता है। जब आपकी टीम का हर व्यक्ति कामकाज की एक ही शैली, कार्यक्रमों और टूल्स से काम करता है, तो सफलता कई गुना हो जाती है। अपनी टीम के लोगों को बेहतरीन ट्रेनिंग दें और सही सिस्टम देकर उन्हें शक्तिशाली बनाएँ, ताकि यह व्यवसाय आपके साथ या आपके बिना निरंतर विकास करता रहे।

याद रखें, सफलता का कोई रहस्य नहीं होता, सफलता का हमेशा एक सिस्टम होता है।

15

आप कुछ शत्रु बनाए बिना, लाखों दोस्त कभी नहीं बना सकते

लोग इस व्यवसाय को नहीं कर पाते या अपना यूट्यूब चैनल शुरू नहीं कर पाते या पुस्तक नहीं लिख पाते या इंस्टाग्राम पर पोस्ट नहीं कर पाते या कोई भी नई चीज़ नहीं कर पाते, इसका एक बड़ा कारण यह है कि वे आलोचकों से डरते हैं। लोगों को यह चिंता सताती है कि अगर वे पोस्ट करेंगे, तो कोई नकारात्मक टिप्पणी लिख सकता है या कुछ लोग इसे नापसंद कर सकते हैं या कुछ लोग इसकी आलोचना कर सकते हैं।

मेरे दोस्त, यह आपकी ज़िंदगी है और आपको इसे अपनी शर्तों पर जीना चाहिए। दूसरों की ख़ुशी या अनुमोदन आपके ऊपर उठने और उन्नति करने के लिए ज़रूरी नहीं है। अगर आप सही चीज़ें करते हैं, तो आप जीवन में उन्नति करेंगे और एक सच्चा मित्र या शुभचिंतक उन्नति के आपके प्रयासों की कभी आलोचना नहीं करेगा।

हमेशा याद रखें कि आप चाहे जो करें और चाहे जितना अच्छा करें, कुछ लोग उसे कभी पसंद नहीं करेंगे। इसकी वजह आप नहीं है, वो लोग खुद हैं। लोगों को ख़ुश करने की कभी चिंता न करें, ख़ास तौर पर उन लोगों को, जो आपकी सच्ची परवाह नहीं करते। अगर आप किसी को ख़ुश ही करना चाहते हैं, तो कोई बड़ी चीज़ हासिल करके अपने परिवार या टीम को ख़ुश करें, ताकि उन्हें आप पर गर्व हो।

निंदा से घबरा कर अपने लक्ष्य को न छोड़े, क्योंकि लक्ष्य मिलते ही निंदा करने वालों की राय बदय जाती है।

16

बेटा झूठ बोल सकता है डाटा नहीं।

99 प्रतिशत नेटवर्क मार्केटिंग लीडर्स यह व्यवसाय भावनाओं और स्थितियों के आधार पर चलाते हैं। आपको क्या लगता है, वे कोई कार्यक्रम करने के बारे में कब सोचते हैं? जब टीम इसकी माँग करती है या जब व्यवसाय कम हो जाता है। अपनी टीम के साथियों की समीक्षा करते समय वे क्या पूछते हैं? वे यह पूछते हैं कि व्यवसाय कैसा चल रहा है या आपके हिसाब से क्या ग़लत हो रहा है आदि।

नियम सरल है – अगर आप अस्पष्ट सवाल पूछेंगे, तो आपको अस्पष्ट जवाब मिलेंगे। अगर आप अपनी समीक्षाओं और चर्चाओं को संख्याओं पर केंद्रित कर सकें, तो ज़्यादातर आपको बेहतर जवाब मिलेंगे और आप बेहतर निर्णय ले पाएँगे। यह न पूछें कि कार्यक्रम कैसा था। इसके बजाय इस ओर ध्यान दें कि उस कार्यक्रम में कितने लोग आए और कार्यक्रम के एक सप्ताह के भीतर कितनी सेल्स हुई। आप यह भी पता लगा सकते हैं कि उस प्रोग्राम में कितने नए रैंक हासिल करने वाले उपस्थित थे और कितने लोग कार्यक्रम में अंत तक रुके रहे? या कितने एसोसिएट्स कार्यक्रम के बाद की मीटिंग्स में उपस्थित थे?

जब आप अपनी टीम के साथियों और व्यावसायिक प्रदर्शन की संख्यात्मक समीक्षा करते हैं, तो आपका निर्णय ज़्यादा सटीक और समझदारी भरा होगा। हाँ, आपको निश्चित रूप से अपनी भावनाओं और सहज बोध पर विचार करना चाहिए, लेकिन याद रखें कि हम संख्याओं के व्यवसाय में हैं और संख्याएँ झूठ नहीं बोलतीं।

17

सफलता कभी खरीदी नहीं जा सकती,
सफलता तो किराये पर मिलती है
और यह किराया हर दिन
चुकाना पड़ता है।

मेरी नौकरी के दिनों में हमारे सेल्स विभाग में एक नियम था कि किसी भी उपलब्धि के लिए किसी को प्रशंसा और तालियाँ केवल एक बार ही मिलती थीं। अगर आप दोबारा प्रशंसा चाहते थे, तो आपको कोई नई उपलब्धि हासिल करनी होती थी। सिक्स सिग्मा, काइज़ेन और सतत सुधार जैसी अवधारणाएँ हममें गहराई से अंदर तक सीखा दी गई थी। मैंने नेटवर्क मार्केटिंग में शुरुआत से ही इतनी ज़्यादा आमदनी, सम्मान और प्रभाव कमाया, इसका एक मुख्य कारण यह है कि मैंने इन्हीं मूल्यों तथा सिद्धांतों के आधार पर अपना नेटवर्क मार्केटिंग बिज़नेस बनाया।

मेरे दोस्त, नियम सरल है – आप या तो उन्नति कर रहे हैं या फिर नीचे गिर रहे हैं। आप इस बिज़नेस में एक बार सफलता हासिल करके संसार से यह उम्मीद नहीं कर सकते कि यह आपकी पुरानी उपलब्धि के लिए आपको ज़िंदगीभर सम्मान देता रहेगा।

मैं अपने लीडरशिप वर्कशॉप्स में हमेशा बताता हूँ कि नेतृत्व प्रगतिशील होता है। एक बार जब आप लीडर बन जाते हैं, तो आपकी जिम़्मेदारी कम नहीं होती, यह तो दरअसल कई गुना बढ़ जाती है। अब आप पर ज़्यादा आँखें टिकी हैं और आपको अपनी टीम के साथियों को नए कारण देने पड़ते हैं, ताकि वे आपका अनुसरण आगे भी करते रहें। यह सुनिश्चित करें कि आपकी रैंक/आमदनी/उपलब्धियाँ/जीवनशैली नियमित रूप से बेहतर होती रहे। इसलिए रैंक और प्रभाव बढ़ने के बाद भी कभी मूल गतिविधियाँ करना न छोड़ें, बल्कि ज़्यादा से ज़्यादा तीव्र परिणाम हासिल करने के लिए ख़ुद को निरंतर बेहतर बनाते रहें।

18

प्रश्न यह नहीं है कि हमें सोशल मीडिया का इस्तेमाल करना चाहिए या नहीं, असली प्रश्न तो यह है कि बड़ा व्यवसाय बनाने के लिए इसका स्मार्ट तरीक़े से उपयोग कैसे करें।

अगर आपके मन में अब भी यह शंका है कि अपने बिज़नेस को फैलाने के लिए सोशल मीडिया का इस्तेमाल करें या न करें, तो आप बहुत पीछे चल रहें है। जब आप किसी काम में पीछे चल रहे होते हैं तो आप क्या करते हैं? आप तुरंत अपनी गति बढ़ा लेते हैं। इसलिए अगर आपके बिज़नेस का कुछ हिस्सा सोशल मीडिया से आना शुरू नहीं हुआ है तो आपको अपने सोशल मीडिया प्रयासों की गति को तुरन्त बढ़ा लेना चाहिए।

सोशल मीडिया और ऑनलाइन टेक्नोलॉजी नेटवर्क मार्केटिंग की मूल गतिविधियों को दोबारा परिभाषित कर चुकी हैं। सोशल मीडिया ने लिस्ट के विस्तार, लीडरशिप स्थापित करने, प्रास्पेक्टिंग, टीम को जोड़े रखने, भौगोलिक विकास करने आदि में बहुत मदद की है। अगर आप सोशल मीडिया के साथ ऑनलाइन टेक्नोलॉजी और सही टूल्स को मिला दें, तो आपके बिज़नेस की रफ़्तार कई गुणा बढ़ सकती है। मैं बिज़नेस बढ़ाने के लिए सोशल मीडिया के इस्तेमाल की अनुशंसा क्यों करता हूँ? मैं मानता हूँ कि जहाँ भी लोग हैं, वहाँ नेटवर्क मार्केटर को मौजूद रहना चाहिए और चूँकि लोग सोशल मीडिया पर हैं, इसलिए हर स्मार्ट नेटवर्क मार्केटर को सोशल मीडिया पर मौजूद रहना चाहिए और वह भी पेशेवर रूप से।

सोशल मीडिया में महारत हासिल करना इतना बड़ा विषय है कि यहाँ सारे विवरण बताना मुश्किल है, लेकिन मैं इस बात की बहुत अनुशंसा करता हूँ कि आप अपनी व्यावसायिक रणनीति के अभिन्न हिस्से के रूप में सोशल मीडिया का इस्तेमाल शुरू करें। अगर आपको इस बारे में पूर्ण मार्गदर्शन चाहिए कि ऑनलाइन बड़ा बिज़नेस बनाने के लिए सोशल मीडिया का इस्तेमाल कैसे करें, तो मेरी नंबर वन बेस्टसेलिंग पुस्तक *बनिए सोशल मीडिया मिलियनेयर* पढ़ें।

19

कुछ लोग आपके साथ बिज़नेस करने के लिए आपसे जुड़ेंगे और कुछ इसलिए ताकि वो उन लोगों से आपको मिलवा पाएं जो आपके साथ बिज़नेस करेंगें।

देर-सवेर आपको यह तथ्य स्वीकार करना पड़ता है कि जो भी आपके साथ व्यवसाय शुरू करता है, वह हमेशा आपके साथ नहीं रहेगा। लोग आते-जाते रहते हैं। समस्या तब शुरू होती है, जब आप यह उम्मीद करने लगते हैं कि जो भी आपका प्रज़ेंटेशन सुनता है, उसे बिज़नेस शुरू कर देना चाहिए। जो व्यक्ति शुरू करता है, उसे हर मीटिंग में आना चाहिए। जो व्यक्ति मीटिंग में आता है, उसे बिज़नेस को गंभीरता से करना चाहिए, या फिर जो व्यक्ति गंभीर है, उसे फुल-टाइमर बन जाना चाहिए या वह ख़ास कार आदि ख़रीद लेनी चाहिए।

हर व्यक्ति डॉक्टर या सीए नहीं बन सकता। हर व्यक्ति पुलिस या सेना के लिए उपयुक्त नहीं होता, तो फिर आपको क्यों लगता है कि हर व्यक्ति को नेटवर्क मार्केटिंग करनी चाहिए? यह सच है कि हर व्यक्ति यह बिज़नेस कर सकता है, लेकिन यह भी सच हे कि हर व्यक्ति इसे करेगा नहीं। इसे करना या ना करना वो चुनेगें। आपने भी अपना समय लिया था।

टीम के साथियों को अपनी पूरी देखभाल और समर्थन दें, लेकिन ये याद रखें कि कुछ लोग आपके साथ बिज़नेस करने आएँगे और कुछ उन लोगों से मिलवाने जो आपके साथ बिज़नेस करेंगें। मेरे 70 प्रतिशत लेग्स में शीर्ष लीडर वो थे, जिन्हें मैंने ख़ुद व्यक्तिगत रूप से स्पॉन्सर नहीं किया था। उन्हें कोई दूसरा व्यक्ति बिज़नेस में लाया था, जिसने यह काम छोड़ दिया, लेकिन मैं उनके साथ काम करता रहा और हमने मिलकर एक बड़ा व्यावसायिक साम्राज्य बना लिया। विश्वास रखें, हर एक का समर्थन करें और लगातार आगे बढ़ते रहें।

20

कोई मीटिंग अच्छी या बुरी नहीं होती, मीटिंग या तो होती है या नहीं होती।

मैंने असंख्य नेटवर्क मार्केटर्स को अपलाइन के आने और बिज़नेस प्लान बताने का इंतज़ार करते देखा है। उन्हें लगता है कि उनका अपलाइन उनसे बेहतर मीटिंग कर सकता है। कई नेटवर्क मार्केटर्स अपनी मीटिंग स्थगित करते रहते हैं, क्योंकि उन्हें इस बात पर भरोसा नहीं होता कि वे आदर्श प्रज़ेंटेशन दे पाएँगे या नहीं।

अगर आप या आपका कोई परिचित इस श्रेणी में आता है, तो बिज़नेस मीटिंग के संदर्भ में ये चार अमूल्य बातें याद रखें -

- यह व्यवसाय पूरी तरह आपका तभी बनेगा, जब आप ख़ुद अपनी बिज़नेस मीटिंग करने लगेंगे।
- एक मीटिंग से यह तय नहीं होता कि प्रॉस्पेक्ट आपके साथ बिज़नेस करेगा या नहीं। अंतिम परिणाम इस बात पर बहुत ज़्यादा निर्भर करता है कि आप बिज़नेस प्रज़ेंटेशन से पहले और बाद में क्या करते हैं। सेल्स क्लोजिंग कई मीटिंग्स का परिणाम होती है, जिनमें से कुछ बिज़नेस प्रज़ेंटेशन के पहले होती हैं और कुछ बाद में। कभी बिज़नेस प्रज़ेंटेशन मीटिंग न करें, अगर आप अगले एक महीने में कम से कम 3 फ़ॉलो-थ्रू मीटिंग करने के लिए समर्पित न हों।
- कौन प्रज़ेंटेशन दे रहा है, उससे ज़्यादा महत्त्वपूर्ण यह होता है कि कौन प्रज़ेंटेशन देख रहा है।
- मीटिंग्स अच्छी या बुरी नहीं होतीं। मीटिंग्स या तो होती हैं या नहीं होतीं।

21

सफलता बोरिंग होती है।

किसी भी चीज़ में भारी सफलता हासिल करने का केवल एक ही मार्ग है – उसमें सफलता के लिए अनिवार्य मूल गतिविधियों को पहचानें और फिर उन गतिविधियों को जोश से हर दिन करने में जुट जाएँ। सफलता में महारत की ज़रूरत होती है। महारत निरंतरता से आती है। और निरंतरता वही चीज़ें बार-बार करने से आती है।

समस्या यहीं शुरू होती है। वही चीज़ बार-बार करना ज़्यादातर लोगों के लिए बोरिंग हो जाता है, इसलिए यहीं पर वे फिसल जाते हैं। वे सही गतिविधियों से शुरू करते हैं, कुछ समय तक सही चीज़ें करते हैं, लेकिन फिर वे बोर हो जाते हैं और चीज़ों को करने के अलग तरीक़ों या विविधता की तलाश करते हैं। मैं नए विचारों के साथ प्रयोग करने के ख़िलाफ़ नहीं हूँ, लेकिन इंसान को वे मूल गतिविधियाँ कभी नहीं छोड़नी चाहिए, जो सफलता के लिए अनिवार्य हैं।

मार्शल आर्ट जगत की जीवित किंवदंती ब्रूस ली ने कहा था, *"मैं उस इंसान से नहीं डरता, जिसने 10,000 अलग-अलग किक्स का एक बार अभ्यास किया है; मैं तो उस इंसान से डरता हूँ, जिसने एक किक का 10,000 बार अभ्यास किया है।"*

किसी भी कौशल में सफलता और महारत हासिल करने के लिए दोहराव भरे अभ्यास की ज़रूरत होती है। सफलता के लिए आवश्यक मुख्य गतिविधियों को पहचानें और उन्हें हर दिन बार-बार करने में व्यस्त हो जाएँ। महारथी इसी तरह बनते हैं।

22

आप नेटवर्क मार्केटिंग के लिए सकारात्मक संसार बनाने के मिशन पर नहीं हैं।

जब कोई शिकायत करता है कि लोग इस बिज़नेस के बारे में नकारात्मक हैं, तो मैं हैरान होता हूँ कि अगर हर व्यक्ति इतना नकारात्मक है, तो फिर 1940 के दशक से अब तक हर नेटवर्क मार्केटिंग कार्यक्रमों में सारे स्टेडियम खचाखच क्यों भरे रहते हैं? भारत यह अपेक्षा कर रहा है कि 2025 में इस व्यवसाय में 1.8 करोड़ भारतवासी 64,000 करोड़ रुपये की बिक्री करेंगे। ऐसा उस बिज़नेस में कैसे हो सकता है, जिसके बारे में लोग नकारात्मक हों?

दरअसल, इनमें से कई नकारात्मक लोग वे हैं, जो नेटवर्क मार्केटिंग में कोशिश करने के बाद असफल हो गए थे और वे असफल इसलिए हुए, क्योंकि उन्होंने ज़रूरी काम नहीं किया। अगर उन्हें अच्छी तरह सँभाला जाए, तो वे दोबारा शुरू करने के लिए फ़टाफ़ट तैयार हो जाएँगे, लेकिन नकारात्मकता के बारे में शिकायत करने वाले ज़्यादातर नेटवर्क मार्केटर इस व्यवसाय के बारे में ख़ुद शंकालु होते हैं। वे शंकालु मानसिकता और आधे-अधूरे दिल से काम करते हैं तथा हर आपत्ति पर अति प्रतिक्रिया करते हैं।

वैसे अगर इस बिज़नेस के बारे में लोग नकारात्मक हैं, तब भी कोई समस्या नहीं है : यह तो बिज़नेस का हिस्सा है। जब आप किसी चीज़ को हिस्से के रूप में स्वीकार करते हैं, तो आप इससे लड़ते नहीं हैं, बल्कि समाधान खोजते हैं। आग गरम होती है। यह कोई समस्या नहीं, बल्कि आग का हिस्सा है। इसलिए आप इसे छूने से बचते हैं। स्वीकार करें कि लोग नकारात्मक हैं और इसे फिर इससे निपटने के तरीक़े खोजें।

वैसे भी आपको एक बड़े बिज़नेस का निर्माण करने के लिए पूरे संसार की ज़रूरत नहीं है। आपको तो अपने जैसी मानसिकता वाले चंद लोगों की ज़रूरत है, जो आपके साथ काम करने और अपने सपनों को पूरा करने के लिए तैयार हों। बस उन्हें ढुंढने में लगे रहें।

23

जो आपको यहाँ तक लाया था,
वो शायद वहाँ तक ना ले जा पाए।

आपकी वर्तमान आमदनी, जीवनशैली, प्रभाव और रैंक आपकी वर्तमान योग्यताओं, मानसिकता और पिछले कुछ महीनों के कामों का परिणाम हैं। अगर आप यही चीज़ें करते रहते हैं, तो आपको यही परिणाम मिलते रहेंगे। अगर आप अलग परिणाम चाहते हैं, तो आपको नई मानसिकता और योग्यताओं के साथ नए काम करने की ज़रूरत है।

हर सपना पूरा किया जा सकता है, बशर्ते आप इसकी तैयारी करने के लिए इच्छुक हों। आप जिस मानसिकता का इस्तेमाल करके हर महीने 50,000 रुपये कमा रहे हैं, उसी मानसिकता, योग्यताओं और रणनीतियों का इस्तेमाल करके हर महीने 5 लाख रुपये नहीं कमा सकते। इसी तरह, अगर आप बड़ी पैसिव इनकम उत्पन्न करने वाला व्यावसायिक साम्राज्य बनाना चाहते हैं, तो आपको अपनी वर्तमान मानसिकता, विश्वासों, योग्यताओं और कामकाजी रणनीति को पूरी तरह से ऊपर उठाना होगा। आपके परिणाम फल हैं, आपकी मानसिकता, योग्यताएँ और दैनिक कार्य जड़ें हैं। जड़ों पर काम करेंगे, तो फल अपने आप बदल जाएँगे।

मैंने लाखों परेशान नेटवर्क मार्केटर्स को देखा है, जो सिर्फ़ बड़े सपने लिखते हैं, तसवीरें हर जगह चिपकाते रहते हैं और उनका मानसिक चित्रण करते रहते हैं, लेकिन कोई उन्नति नहीं कर पाते। अगर ये लोग अपनी मानसिकता, योग्यताओं और कामकाजी रणनीतियों को बेहतर नहीं बनाएँगे, तो उनके सपने कभी हक़ीक़त नहीं बनेंगे। जो आपको यहाँ लाया था, वह आपको वहाँ नहीं ले जाएगा।

24

व्यक्तिगत स्पॉन्सरिंग नेटवर्क मार्केटिंग के लिए ऑक्सीजन है। इसके बिना आपका बिज़नेस मर जाएगा।

हर इंसान व्यक्तिगत स्पॉन्सरिंग से अपना नेटवर्क मार्केटिंग बिज़नेस शुरू करता है। जो इस बिज़नेस में शीर्षस्थ 1 प्रतिशत आमदनी के स्तर तक पहुँचते हैं और जिनका बहुत सम्मान होता है, वे बरसों बाद भी व्यक्तिगत स्पॉन्सरिंग करते रहते हैं। सच तो यह है कि अगर आप व्यक्तिगत स्पॉन्सरिंग नहीं कर सकते, तो कृपया अपने लिए कोई दूसरा बिज़नेस खोज लें।

इस बिज़नेस में कोई साधारण व्यक्ति बड़ी आमदनी किस वजह से कमाता है? टीमवर्क और डुप्लीकेशन से। अगर आप व्यक्तिगत स्पॉन्सरिंग नहीं करते हैं, तो आप अपनी टीम नहीं बना सकते और अगर आप इसे लगातार नहीं कर सकते, तो आपके टीम के साथी भी आपकी मिसाल का अनुसरण करते हुए इसे नहीं करेंगे। इसीलिए व्यक्तिगत स्पॉन्सरिंग एक मुख्य गतिविधि है, जो इस व्यवसाय में बने रहने और समृद्ध होने के लिए बहुत अनिवार्य है।

अगर आप इसे करना तो चाहते हैं, लेकिन आपमें सही मानसिकता और योग्यताओं का अभाव है, तो तुरंत अपने अपलाइन से प्रशिक्षण लें या मेरे ऑनलाइन अथवा ऑफ़लाइन कार्यक्रमों से लाभ लें। एक बार ध्यान रखें, व्यक्तिगत स्पॉन्सरिंग वैकल्पिक नहीं है, यह तो अनिवार्य है। यह आपको ज़्यादा आमदनी, ज़्यादा ऊँची रैंक, ज़्यादा स्थिरता, ज़्यादा आत्मविश्वास और ज़्यादा प्रभाव देगी।

एक और बात, जब आपने यह बिज़नेस शुरू किया था, तब आपके पास कोई अनुभव नहीं था और आपकी उपलब्धि शून्य थी। अगर आप उस समय व्यक्तिगत स्पॉन्सरिंग कर सकते थे, तो अब क्यों नहीं? आप जानते हैं कि इसे कैसे करना है। बस इसे कर दें।

25

यह एक बिज़नेस है और हर बिज़नेस में समय लगता है।

किसी भी बिज़नेस या नौकरी में ठीक ठाक सी सफलता पाने के लिए लोग आम तौर पर 3–5 साल तक काम करने के लिए तैयार रहते हैं, लेकिन जब नेटवर्क मार्केटिंग की बात आती है, तो लोग 10 गुना आमदनी की उम्मीद करते हैं और 3–5 महीने के समर्पित प्रयास करने के लिए भी तैयार नहीं होते। इस मानसिकता का एक मुख्य कारण यह है कि वे ग़लत अपेक्षाओं से यह बिज़नेस शुरू करते हैं। कई लोग इस बिज़नेस को फ़टाफ़ट अमीर बनो योजना या लॉटरी मान लेते हैं और जब उन्हें ऐसे परिणाम नहीं मिलते, तो वे कहने लगते हैं कि यह बिज़नेस काम नहीं करता।

किसी भी स्थायी मूल्यवान चीज़ को बनाने में समय लगता है। नेटवर्क मार्केटिंग भी किसी अन्य बिज़नेस जैसी है, इसलिए इसकी ठोस बुनियाद स्थापित करने में भी निश्चित रूप से समय लगता है। संबंध बनाने, बिज़नेस सेंटर बनाने, टूल्स व सिस्टम्स स्थापित करने और लीडर्स को विकसित करने में बहुत सा समय और प्रयास लगता है, लेकिन अगर आप इसे सही तरीक़े से करते हैं और शिक्षा, मूल्यों व सही सिस्टम की बुनियाद पर सही तरह से खड़ा करते हैं, तो ये बिज़नेस खुद व खुद लगातार विकसित होता रहेगा।

याद रखें, ज़्यादा ऊँची इमारतों को ज़्यादा गहरी बुनियाद की ज़रूरत होती है। धैर्य हर महान उद्यमी का अमूल्य गुण होता है। अच्छे काम करते रहें और तब तक आराम न करें, जब तक कि आप सर्वश्रेष्ठ न बन जाएँ।

26

बड़े सपने बेहतरीन होते हैं,
लेकिन सचमुच मायने यह रखता है कि
आप उन सपनों को कितने समय तक
जीवित रख पाते हैं।

नेटवर्क मार्केटिंग में बड़े सपने देखने और बड़े सपनों के बारे में बातें करने का माहौल रहता है। बड़े कार्यक्रमों और कंपनी के कनवेंशन्स में आप अक्सर लीडर्स को हेलिकॉप्टरों, निजी विमानों, महलों और टापुओं के बारे में बात करते सुनेंगे। यह अच्छी बात है, क्योंकि बड़े सपने आपको बड़ी प्रतिबद्धता के साथ बड़ी मेहनत करने के लिए प्रेरित करते हैं, लेकिन एक चीज़ और भी ज़्यादा महत्त्वपूर्ण है और वह यह है कि आप उन सपनों को कितने लंबे समय तक जीवित रख पाते हैं।

सपनों को साकार करना परिणाम है, उन सपनों को हासिल करने के लिए आपको जो काम करने की ज़रूरत है, वही वह कारण है, जो उन सपनों को हक़ीक़त बनाएगा। मैंने कुछ लोगों को देखा है, जिनके पास मंच पर अलग सपने होते हैं और मंच से उतरते ही उनके सपने पूरी तरह अलग हो जाते हैं। कुछ प्रॉस्पेक्ट 'नहीं' कह देते हैं, टीम के कुछ साथी छोड़कर चले जाते हैं, कुछ पारिवारिक सदस्य मखौल उड़ाते हैं और उनके तमाम बड़े सपने तुरंत ग़ायब हो जाते हैं।

मैं सपनों के बारे में दो बुनियादी बातों पर विश्वास करता हूँ :

- आपके सपने आपके होने चाहिए। सपने का मुख्य उद्देश्य दूसरों को प्रभावित करना नहीं है, इसका मुख्य उद्देश्य तो आपको प्रेरित करना है। उन्हें आपको काम करने के लिए प्रेरित करना चाहिए।
- आपके सपने अटल और प्रबल होने चाहिए। आपको उतने लंबे समय तक हर आवश्यक काम करने के लिए तैयार रहना चाहिए, जितना उन्हें हक़ीक़त में बदलने के लिए ज़रूरी हो।

27

अगर लोग नहीं बदल रहे हैं, तो लोगों को बदल दें।

इस व्यवसाय में सबसे दुखी और सबसे कम आमदनी कमाने वाले लोग वे हैं, जो लगातार लोगों को बेहतर बनाने की कोशिश करते हैं। वे हमेशा अपनी टीम के साथियों के बारे में शिकायतें करते हैं और हर बुरी चीज़ के लिए दूसरों को दोष देते रहते हैं। वे हमेशा दूसरों की मानसिकता बदलकर अपनी जैसी बनाने के मिशन पर रहते हैं, लेकिन सच तो यह है कि आपके चाहने से लोग नहीं बदलेंगे, लोग तो तब बदलेंगे, जब परिवर्तन एकमात्र विकल्प होगा।

जब आप अपनी टीम बनाना शुरू करें, तो हमेशा याद रखें -

- आपके साथ जो भी बिज़नेस शुरू करता है, हर एक को सर्वश्रेष्ठ संभव मदद प्रदान करें। हर एक का समर्थन करने के लिए कार्यक्रमों और समूह मीटिंग्स का इस्तेमाल करें, लेकिन अपना व्यक्तिगत समय उन्हीं को दें, जो उनके हिस्से का काम करने के लिए समर्पित हैं।
- हर सप्ताह व्यक्तिगत स्पॉन्सरिंग करते रहें। लोगों को बदलने के बजाय बदले हुए लोगों को खोजना ज़्यादा आसान है, जो काम करने को तैयार हैं।
- जब भी आप किसी प्रशिक्षण या टीम कार्यक्रमों में जाएँ, तो ऐसे लोगों को पहचानें, जिनमें बड़ा बिज़नेस बनाने की क्षमता है और उनकी मेंटरिंग करने लगें।
- ज़्यादा सीखें और ज़्यादा कमाएँ। जब आप अपना विकास करते हैं और अपनी उपलब्धियों को बढ़ाते हैं, तो बेहतर लोग आपकी टीम में शामिल होने के लिए संपर्क करने लगेंगे।

28

कोई भी पेशा सम्मान की गारंटी नहीं दे सकता, सम्मान तो उस नीयत और कार्यनीति से मिलता है, जिससे आप उस पेशे में काम करते हैं।

जब लोग मुझसे कहते हैं कि नेटवर्क मार्केटर्स को समाज में पर्याप्त सम्मान नहीं मिलता, तो मैं उनसे पूछता हूँ, *"मुझे संसार का एक पेशा दिखा दें, जहाँ हर एक को बराबर सम्मान मिलता हो?"* अच्छे डॉक्टर होते हैं, तो कई डॉक्टर ऐसे भी होते हैं, जो अपने पेशे को बदनाम करते हैं। बुरे वकील होते हैं, तो अच्छे वकील भी होते हैं। अच्छे टीचर्स होते हैं, तो कई बुरे टीचर्स भी होते हैं। यही नेटवर्क मार्केटिंग के बारे में भी सही है, जहाँ कुछ अच्छे नेटवर्क मार्केटर्स हैं और कुछ बुरे भी हैं।

पेशा आपको सम्मान की गारंटी नहीं देता। सम्मान उस कार्यनीति और पेशेवर अंदाज़ से मिलता है, जिससे आप उस पेशे में काम करते हैं। अगर आप सही मूल्यों के साथ इस बिज़नेस में काम करेंगें, तो आपको अपनी कल्पना से ज़्यादा सम्मान मिलेगा।

कई नौकरियों या पेशों में सम्मान व्यक्ति को नहीं, बल्कि उसके पद या पदनाम को दिया जाता है। जब वह पद चला जाता है, तो सम्मान भी चला जाता है, लेकिन नेटवर्क मार्केटिंग में जब आप लोगों को उनके सपनों का जीवन जीने के लिए सशक्त बनाते हैं, तो वे आपके प्रति हमेशा कृतज्ञ रहेंगे। अगर आपने नेटवर्क मार्केटिंग पर मेरी दूसरी पुस्तक *एचीव मोर, सक्सीड फ़ास्टर* पढ़ी है, तो आप जानते हैं कि पैसे बनाने के अलावा नेटवर्क मार्केटिंग के 31 छिपे हुए लाभ कौन से हैं। अगर आप किसी को ये लाभ प्रदान करते हैं, तो आपको प्रेम और सम्मान कैसे नहीं मिलेगा?

29

हमें मीटिंग्स की संख्या के आधार पर पैसे नहीं मिलते, हमें तो अपनी बिक्री पर पैसे मिलते हैं।

मैंने इस व्यवसाय में हज़ारों लोगों को देखा है, जिनके परिणाम और आमदनी पिछले 10 सालों में नहीं बदले हैं। कुछ समय के उतार-चढ़ाव को छोड़ दें, तो वे आज भी कमोबेश आमदनी के उसी स्तर पर हैं, जिस पर वे 10 साल पहले थे। रोचक बात यह है कि ये लोग हमेशा व्यस्त दिखते हैं। वे हमेशा थके नज़र आते हैं और उनके चेहरे पर तनाव साफ़ दिखता है। उनमें से कुछ तो बताते हैं कि वे हर दिन 14-16 घंटे काम करते हैं और बाक़ी बताते हैं कि उनकी नई कार उन्होंने कितने किलोमीटर चलाई है, लेकिन ये लोग दो बुनियादी नियम भूल जाते हैं -

- यह मीटिंग्स के बारे में नहीं है, यह तो परिणामों के बारे में है। अगर आपकी कार की किलोमीटर रीडिंग आपकी सफलता का पैमाना है, तो नेटवर्क मार्केटिंग को छोड़कर टैक्सी बिज़नेस करने लगें।
- अगर आप वही चीज़ें करते रहेंगे, तो आपको वही परिणाम मिलते रहेंगे।

व्यस्त होना ही काफ़ी नहीं है। सही चीज़ें करने में व्यस्त हों। यह उत्पादकता और कार्यकुशलता के बारे में है। आपको ख़ुद या किसी कोच के साथ अपने प्रदर्शन का विश्लेषण करना चाहिए। विश्लेषण के बाद उसे ज़्यादा करें, जो कारगर है और उसे कम करें, जो कारगर नहीं है। अगर कुछ चीज़ें परिणाम नहीं दे रही हैं, तो उन्हें करना छोड़ दें या उनमें फ़ेरबदल करें। यह साबित न करें कि आप कितनी कड़ी मेहनत कर रहे हैं, आपके परिणाम ख़ुद बता देते हैं कि आप कितनी मेहनत कर रहे हैं और कितनी अच्छी तरह से कर रहे हैं।

30

क्या आप दो कार्यक्रमों के बीच विकास कर रहे हैं?

एक प्रश्न है, जो मैंने हमेशा टीम के लाखों साथियों और बाद में मेरे प्रशिक्षण के प्रतिभागियों से पूछा है – क्या आप दो कार्यक्रमों के बीच विकास कर रहे हैं? समर्पित लीडर के रूप में आप जब भी किसी नेटवर्क मार्केटिंग कार्यक्रम में हिस्सा लें, तो इन दो पैमानों पर अपनी जाँच करें –

- क्या इस कार्यक्रम में आपकी आमदनी/रैंक/उपलब्धि पिछले कार्यक्रम की तुलना में बेहतर है?
- क्या इस कार्यक्रम में शामिल होने वाले टीम के साथियों की संख्या पिछले कार्यक्रम से ज़्यादा है?

अगर इन दो प्रश्नों का आपका जवाब हाँ है, तो आपका बिज़नेस सही दिशा में जा रहा है, लेकिन अगर संख्या घट रही है, तो यह लाल झंडी है। सावधान रहें कि आपकी टीम में कुछ ग़लत हो रहा है। भले ही संख्याएँ समान हों, लेकिन यह भी एक संकेत है कि कुछ गड़बड़ है, क्योंकि गिरावट को नज़र आने में कुछ महीने लग जाते हैं। इसलिए आपको सारी व्यावसायिक बुनियादी बातों पर ज़बरदस्त तरीक़े से फ़टाफ़ट काम में जुट जाना चाहिए।

आगे विकास करते वक़्त ज़्यादा स्मार्ट बनें और कार्यक्रम के प्रतिभागियों की कुल संख्या के साथ-साथ यह भी जाँच करें कि हर लेग के कितने साथी हिस्सा ले रहे हैं। हमेशा याद रखें – कार्यक्रम की संख्याएँ बिज़नेस की लाइफ़लाइन हैं।

31

आपकी टीम के साथी बिज़नेस के प्रति समर्पित होने से पहले कई महीनों तक आपको देखते हैं।

इस बिज़नेस को शुरू करने वाले ज़्यादातर लोग शुरू करने से पहले कभी कंपनी के ऑफ़िस या फ़ैक्टरी में नहीं जाते हैं। वे कभी कंपनी के संस्थापक या संचालक से नहीं मिलते। वे तो किसी मित्र, पड़ोसी, सहकर्मी या कभी-कभी तो एक अजनबी से मिलते हैं, जिसके संपर्क में वे हाल ही में आए हैं। आपकी टीम ने भी आपके वरिष्ठ लीडर्स या कंपनी के संचालकों के कारण नहीं, बल्कि आपकी वजह से यह बिज़नेस शुरू किया होगा।

न सिर्फ़ आपकी टीम आपको देखकर बिज़नेस शुरू करती है, बल्कि आपकी टीम के लोग आपको देखकर ही यह निर्णय लेते हैं कि वे कितनी सक्रियता और रफ़्तार से बिज़नेस करेंगे। आपके नज़रिया, आस्था, आत्मविश्वास, समर्पण, प्रदर्शन और उपलब्धियों को देखकर ही वे अपने पैमाने तय करते हैं। आपकी टीम का हर व्यक्ति मंच पर या मंच से बाहर आपकी बातों और कामों को बारीकी से देखता है। कई लोगों ने मुझे बताया है कि उन्होंने मेरी टीम में शामिल होने और सक्रियता से बिज़नेस शुरू करने से पहले मुझे एक साल से ज़्यादा समय तक देखा था।

अगर आपके नेतृत्व गुण विकसित हो रहे हैं, आपका विश्वास बढ़ रहा है और आपकी उपलब्धियाँ बढ़ रही हैं, तो आपकी टीम के साथी बिज़नेस को गंभीरता से करेगें, लेकिन अगर आपका प्रदर्शन अच्छा नहीं है, तो वे धीरे-धीरे बिज़नेस छोड़ देंगे। मैंने जो बात पहले कही थी, उसे याद रखें : लोग अपने कानों से नहीं सुनते, वे तो अपनी आँखों से सुनते हैं।

32

या तो मैं रास्ता खोज लूँगा,
या फिर मैं रास्ता बना लूँगा।

जब भी मेरे सामने कोई चुनौती आई या मैं किसी स्थिति में अटक गया, तो मैंने हर बार इस विश्वास से काम किया कि या तो मैं रास्ता खोज लूँगा या फिर मैं रास्ता बना लूँगा। कई बार तो मैं वह हासिल भी नहीं कर पाया, जिसकी मैंने योजना बनाई थी, लेकिन जब भी मैंने इस विश्वास के साथ काम किया, मैंने हर बार बहुत कुछ सीखा और बेहतर बना।

सतत परिवर्तन हर बिज़नेस में सामान्य प्रक्रिया है। स्थितियाँ हमेशा योजना के अनुसार नहीं होंगी और लोग हमेशा आपकी अपेक्षा के मुताबिक़ काम नहीं करेंगे। कुछ पुराने लीडर छोड़ देंगे, कुछ टीमें चली जाएँगी, कुछ नई जगहें खुल जाएँगी और कुछ नए लीडर्स नई माँगें करेंगे। जब आप इस यात्रा से गुज़रें, तो यह कभी न भूलें कि आपने यह बिज़नेस क्यों शुरू किया था। नए तरीक़े खोजकर या नए तरीक़े बनाकर अपने लक्ष्यों की दिशा में आगे बढ़ते रहें।

मेरी बात पर विश्वास करें : आप ख़ुद को जितना मानते हैं, आप उससे ज़्यादा शक्तिशाली और उपायकुशल हैं। जब आप दबाव में होंगे, तभी आपकी सर्वश्रेष्ठ शक्ति ख़ुद को उजागर करेगी। आपको कभी पता नहीं चलेगा कि आपके पास क्या है, जब तक कि आपको इसका इस्तेमाल करने के लिए मज़बूर नहीं किया जाएगा। इसलिए जब जीवन आपको चुनौतियाँ दे, तो ख़ुद को याद दिलाएँ कि हर हीरे को बहुत घिसने और तराशने की ज़रूरत होती है और अब हीरे की तरह चमकने की आपकी बारी है।

33

सेल्स प्रक्रिया के 90 प्रतिशत काम पहले से ही पता होते हैं।

एक बहुत बड़ा डर लोगों को नेटवर्क मार्केटिंग बिज़नेस शुरू करने से रोकता है और वह यह है कि उन्हें कुछ बेचना पड़ेगा। अगर आपके मन में अपनी बेचने की योग्यता के बारे में कोई शंका हो, तो इन तीन चीज़ों को याद रखें, जिनका अहसास मुझे पिछले दो दशकों में 17 लाख लोगों को सेल्स की ट्रेनिंग देने के बाद हुआ है –

- सेल्स प्रकिया के 90 प्रतिशत काम पहले से ही पता होते हैं। बेचते समय आप मूलत:दो मुख्य गतिविधियाँ करते हैं – अपनी बिज़नेस अपॉर्च्युनिटी बताना और आपत्तियों का जवाब देना। आप बिज़नेस अपॉर्च्युनिटी को कैसे बताएँगे, यह पहले से तय होता है और आप इसे अपने सीनियर्स से सीख सकते हैं। लोग मीटिंग के दौरान जो आपत्तियाँ उठाते हैं, उनमें से 90 प्रतिशत पहले से ही पता होती हैं। अगर आप अच्छी तैयारी और रिहर्सल करके जाते हैं, तो आप किसी विशेषज्ञ की तरह जवाब देंगे।
- बेचने का मतलब है बातचीत करना। अगर आप अपने प्रॉस्पेक्ट्स के सवालों को सचमुच सुनते हैं और उनकी स्थिति को अच्छी तरह समझते हैं, तो मीटिंग स्वाभाविक रूप से सफलता की ओर बढ़ेगी।
- कोई भी सेल्सपर्सन के रूप में पैदा नहीं होता, लोग किसी दूसरी योग्यता की तरह ही अपनी बेचने की योग्यता का भी विकास करते हैं। जब मैं देखता हूँ कि लोग डॉक्टर, इंजीनियर, चार्टर्ड अकाउंटेंट आदि बनने के लिए कई साल तक कितनी कड़ी मेहनत करते हैं, तो मुझे महसूस होता है कि बेचने में महारत हासिल करना तुलनात्मक रूप से ज़्यादा जल्दी और ज़्यादा आसान होता है। एकमात्र चुनौती यह है कि लोग इसे सीखने के प्रति समर्पित नहीं होते।

34

हम कुछ ऐसे लोगों को ढूँढ रहे हैं
जो ज़िंदगी में कुछ ढूँढ रहे हैं।

मैं लोगों के साथ आक्रामक रूप से काम शुरू करने से पहले उनमें जो ख़ूबियाँ देखता हूँ, उनमें से सबसे पहली है उनकी भूख। मैंने इसे हमेशा पूरे संसार के नेटवर्क मार्केटिंग में सभी शीर्षस्थ लीडर्स के संदर्भ में देखा है कि वे भूखे होते हैं। वे विकास, नेतृत्व और उपलब्धियों के भूखे होते हैं। वे न सिर्फ़ लक्ष्य लिखते हैं, बल्कि वे उन लक्ष्यों को हासिल करने के लिए आवश्यक सारे काम करने के प्रति भी बेहद समर्पित होते हैं। कोई भी सुंदर नोटबुक में अपने लक्ष्य लिख सकता है और फिर उन्हें भूल सकता है, लेकिन जो लोग उनके लक्ष्यों के लिए सचमुच भूखे होते हैं, वे अपने लक्ष्यों को दैनिक कार्यों में बदलते हैं और उन पर अथक काम करते हैं।

मैंने बहुत से नेटवर्क मार्केटर्स को यह ग़लती करते देखा है कि वे अपनी टीम के नए साथियों का मूल्यांकन उनकी वर्तमान आमदनी, पेशे या प्रोफ़ाइल के आधार पर करते हैं। वे उन्हें ऊँची प्रोफ़ाइल के लोग मानते हैं और उन पर अपनी पूरी ऊर्जा केंद्रित कर लेते हैं।

हमेशा याद रखें, यह बिज़नेस सरल है, लेकिन आसान नहीं है। जब कोई इस क्षेत्र में काम शुरू करता है, तो उसे बहुत सी अस्वीकृति, निराशा और उपहास का सामना करना पड़ता है। जो लोग अपने सपनों के लिए भूखे होते हैं, सिर्फ़ वे ही इन चुनौतियों का सामना कर पाएँगे और अपने सपनों की जीवनशैली हासिल करने के लिए आवश्यक सारे काम कर पाएँगे। इसलिए अपने लोगों को सावधानी से चुनें।

35

लोग सोशल मीडिया पर चीज़ें ख़रीदने नहीं आते, लोग अन्य लोगों से संवाद करने और जुड़ने के लिए सोशल मीडिया पर आते हैं।

अगर आप इस एक नियम को याद रखें, तो आप सोशल मीडिया पर जो पोस्ट करते हैं, उसका ज़्यादातर हिस्सा बदल जाएगा – सोशल मीडिया ख़रीदने या बेचने की जगह नहीं है। सोशल मीडिया तो लोगों से बात करने और जुड़ने का मंच है। हाँ, आपका उद्देश्य ज़्यादा प्रॉडक्ट्स बेचना और टीम के नए साथी हासिल करना है, लेकिन आप अपने प्रॉडक्ट्स या बिज़नेस के बारे में लगातार पोस्ट करके यह उद्देश्य हासिल नहीं कर सकते। अगर लोगों को आपके पेज़ पर सारे समय आपके प्रॉडक्ट या अवसर दिखेंगे, तो वे क्या करेंगे? वे या तो आपको अनफ़ॉलो कर देंगे या फिर आपको ब्लॉक कर देंगे।

हमेशा याद रखें कि पोस्ट और विज्ञापन में फ़र्क़ होता है और आपका पेज़ निश्चित रूप से विज्ञापनपट नहीं है। सामान्य नियम यह है कि अपनी कंपनी, प्रॉडक्ट्स, आमदनी के प्रमाण, ज़ूम लिंक्स, मीटिंग के आमंत्रण आदि अपने पेज़ पर पोस्ट न करें।

अगर आप सोशल मीडिया का इस्तेमाल करके बड़ा बिज़नेस ऑनलाइन बनाने का सही तरीक़ा मालूम करना चाहें, तो किसी विशेषज्ञ से सीखें या फिर मेरे ऑनलाइन कोर्स सोशल मीडिया ऐंड ऑनलाइन बिज़नेस मास्टरी के बारे में जानकारी लें। कभी न भूलें कि आपका सोशल मीडिया पेज़ यह बताने की जगह है कि आप कौन हैं और आप किसके बारे में जोशीले हैं। आपके पेज़ के कारण लोग आपको पसंद करते हैं और आपसे जुड़ते हैं। बाद में आप सेल्स फ़नेल का इस्तेमाल करके उनसे बिज़नेस के लिए संपर्क कर सकते हैं।

36

सफलता गति से प्रेम करती है।

सफलता चरणों में हासिल होती है। अगर आप तेज़ गति से बिज़नेस करते हैं और पहले कुछ लक्ष्य ज़्यादा तेज़ी से हासिल कर लेते हैं, तो इससे ज़्यादा बड़े लक्ष्यों को ज़्यादा आसानी और ज़्यादा तेज़ी से हासिल करने की गति और लय मिल जाती है। उपलब्धियों की यह श्रंखला आपको तीव्र उपलब्धि वाले ब्रांड के रूप में स्थापित कर देगी।

2007 में जब मैंने अपना नेटवर्क मार्केटिंग करियर शुरू किया, तो मैंने 3 महीनों के भीतर अपनी नौकरी से इस्तीफ़ा दे दिया, अपनी कंपनी में सबसे तीव्र उपलब्धि के कई रिकॉर्ड बनाए और 2 साल में अपनी पहली मर्सिडीज़ बेंज़ ख़रीद ली। इन रिकॉर्ड्स से मेरा ब्रांड रिकॉर्ड तोड़ने वाली मशीन के रूप में बन गया, जिसने मुझे और बड़ी उपलब्धियाँ हासिल करने के लिए आगे धकेला।

लोग अपने सपने ज़्यादा तेज़ी से हासिल करने के लिए नेटवर्क मार्केटिंग बिज़नेस शुरू करते हैं और बड़ी उपलब्धियाँ गति के बिना संभव नहीं होती हैं। अगर आप तीव्र उपलब्धियों वाले लीडर हैं, तो आपकी टीम के सारे साथी आपके साथ ही रुके रहेंगे और आपका अनुसरण करेंगे। यहाँ तक कि नए प्रॉस्पेक्ट्स भी अच्छी उपलब्धियों वाले व्यक्ति के साथ जुड़ना पसंद करेंगे।

इसलिए अगर आप इस बिज़नेस के ज़रिये अपने सपने पूरे करना चाहते हैं, तो अपनी गति बढ़ाएँ और गति बढ़ाने का एक अचूक तरीक़ा अगले महीने की मीटिंग्स को इसी महीने में पूरा करना है। एक महीने में 100 मीटिंग्स करने और एक साल में 100 मीटिंग्स करने का परिणाम और प्रभाव एकदम अलग होता है। गति से काम करें और अपनी टीम में गति की संस्कृति बनाएँ।

37

बेचने का केएलटी नियम : लोग उन लोगों के साथ बिज़नेस करना चाहते हैं, जिन्हें वे जानते हों, पसंद करते हों और विश्वास करते हों।

मैं यह अनुशंसा क्यों करता हूँ कि आपको यह बिज़नेस उन लोगों से संपर्क करके शुरू करना चाहिए, जिन्हें आप पहले से जानते हों? मैं आपको अपना बिज़नेस प्लान बताने से पहले तालमेल और विश्वसनीयता बनाने की सलाह क्यों देता हूँ? मित्रों या परिचितों के बजाय अजनबियों को टीम में शामिल करना ज़्यादा मुश्किल क्यों होता है और इसमें ज़्यादा समय क्यों लगता है? अपने प्रॉस्पेक्टिंग पूल को बनाने और फ़ॉलो थ्रू पूल को बनाने के लिए सोशल मीडिया का सही तरीक़े से इस्तेमाल करना महत्त्वपूर्ण क्यों है? इन सभी सवालों का जवाब है : केएलटी नियम।

हम सभी कुछ ख़ास दुकानों या ब्रांड्स से चीज़ें ख़रीदना ज़्यादा पसंद करते हैं, भले ही वही चीज़ कई जगहों पर उसी भाव पर मिल रही हो। बाक़ी सारी चीज़ें समान रहने पर हम हमेशा उन लोगों से ख़रीदना या उनके साथ बिज़नेस करना हमेशा पसंद करते हैं, जिन्हें हम जानते हैं, पसंद करते हैं और जिन पर हम विश्वास करते हैं। यह बिक्री का केएलटी नियम है।

जब आप प्रॉस्पेक्टिंग कर रहे हों, लोगों से ऑनलाइन या ऑफ़लाइन मिल रहे हों और सोशल मीडिया पर कोई चीज़ पोस्ट कर रहे हों, तो हर बार ख़ुद से पूछें – आप जो कर रहे हैं, क्या इससे आपके प्रॉस्पेक्ट्स आपको ज़्यादा जान पाएँगे, ज़्यादा पसंद करेंगे या ज़्यादा भरोसा करेंगे? अगर आप अपने सारे कार्यों को केएलटी नियम के अनुरूप रखें, तो आपके बिज़नेस की दिशा और दशा पूरी तरह बदल जाएगी।

38

सही लोगों के साथ काम करना निवेश है और ग़लत लोगों के साथ काम करना अपव्यय है।

नेटवर्क मार्केटिंग नेतृत्व का व्यवसाय है। आपका मुख्य काम अपनी टीम में लगातार लीडर्स उत्पन्न करना है। अपनी टीम में ज़्यादा लीडर्स उत्पन्न करने के लिए चार मुख्य गतिविधियाँ ये हैं –

- स्वयं में नेतृत्व गुण विकसित करना और गति से बड़ी उपलब्धियों को हासिल करना
- अपनी टीम के साथियों के विश्वास, आत्मविश्वास, योग्यताओं, मानसिकता और क्षमताओं को बेहतर बनाने के लिए उन्हें नए युग का पूर्ण प्रशिक्षण देना
- अपने एसोसिएट्स के साथ मैदान में काम करना
- किसी कोच से व्यक्तिगत काउंसलिंग प्राप्त करना और अपनी टीम को काउंसलिंग प्रदान करना

इन सारी गतिविधियों में बहुत से समय की ज़रूरत होती है और एक बार गया समय दोबारा कभी नहीं लौटता। अगर आप इस समय को सही लोगों में निवेश करते हैं, तो वे जवाबदेही, सक्षमता और नेतृत्व विकसित करते हैं। वे स्वतंत्र रूप से काम करने लगते हैं और टीम में ज़्यादा लीडर बनाते हैं, लेकिन जब आप अपना समय उन लोगों को देते हैं, जो समर्पित नहीं हैं, तो आपका सारा समय बर्बाद हो जाता है।

इसलिए साथ काम करने के लिए सही लोगों को चुनना बहुत महत्त्वपूर्ण है। इसके अलावा जब आप इस बिज़नेस में आगे बढ़ेंगें, तो आप पूरी दुनिया घूमेगें और अपने मुख्य लीडर्स के साथ अपनी सफलता का जश्न मनाएँगे। अगर वे सही लोग हैं, तो आप न सिर्फ़ अमीर बनेंगे, बल्कि ख़ुश भी रहेंगे। आपका समय आपका सबसे बड़ा संसाधन है। इसे किसी को देने से पहले समझदारी से चयन करें।

39

आपने किसी व्यक्ति को कब तक सचमुच स्पॉन्सर नहीं किया है, जब तक कि वे किसी दूसरे को स्पॉन्सर न कर दें।

क्या आप जानते हैं कि 50, 100 या 500 की टीम बनाने के बावजूद कुछ नेटवर्क मार्केटर्स की आय नहीं बढ़ती है और वे साल दर साल बस संघर्ष ही करते रहते हैं? वास्तव में ज़्यादातर नेटवर्क मार्केटर्स यह विश्वास करते हैं कि सेल्स क्लोज़िंग करना हमारे बिज़नेस में आख़िरी क़दम है। यह सबसे बड़ी ग़लती है, क्योंकि सेल्स क्लोज़िंग करना बिज़नेस का अंत नहीं, बल्कि शुरुआत है।

ज़्यादातर लोग बिक्री करने के लिए मीटिंग दर मीटिंग, कॉल के बाद कॉल और हर संभव चीज़ करते हैं, लेकिन जब वह व्यक्ति बिज़नेस शुरू कर देता है, तो वे या तो सारी गतिविधियाँ बंद कर देते हैं या फिर पहले की तुलना में सिर्फ़ 10 प्रतिशत प्रयास करते हैं।

नेटवर्क मार्केटिंग में शीर्षस्थ आमदनी कमाने वाले लोग अपने एसोसिएट्स की उन्नति और सही बुनियादी शुरूआत पर ध्यान केंद्रित करते हैं। वे ऐसा सिस्टम बनाते हैं, ताकि उनकी टीम में आने वाले हर व्यक्ति को बिज़नेस शुरू करने के लिए सही बुनियादी शुरूआत मिले। सामान्य नियम के रूप में हमेशा याद रखें कि आपकी टीम में नया व्यक्ति तभी सचमुच दाख़िल होता है, जब वह अपनी पहली सेल कर लेता है।

अगर आपकी टीम में बहुत सारे नए लोग आ रहे हैं, लेकिन इसके बावजूद आपकी आमदनी कई गुना नहीं बढ़ रही है, तो आपकी टीम में बुनियादी शुरूआत यानी टेक ऑफ़ सिस्टम की समीक्षा करने का समय है।

40

जब सारी दुनिया यह बोलती है कि तुम लोगों को जोड़ने का काम करते हो, तो तुम लोगों को जोड़ते क्यों नहीं?

असंख्य गुणी लोगों के पास बहुत सारे सपने और भारी क्षमता होती है, लेकिन इसके बावजूद वे इस बिज़नेस में कभी उड़ान नहीं भर पाते, क्योंकि वे व्यक्तिगत स्पॉन्सरिंग के अलावा सब कुछ करते हैं। कई लीडर्स यह बहाना बनाकर व्यक्तिगत स्पॉन्सरिंग करना छोड़ देते हैं कि वे अपनी टीम का मदद करने में व्यस्त हैं।

आपका बहाना जो भी हो, कृपया याद रखें कि नए एसोसिएट्स या ग्राहकों को बिज़नेस में लाना वैकल्पिक नहीं है, यह तो अनिवार्य आवश्यकता है। सर्जरी करना और लोगों का उपचार करना किसी डॉक्टर का दैनिक काम है। वकील अपने ग्राहकों के लिए हर दिन केस लड़ता है और आर्किटेक्ट नई इमारत के डिज़ाइन हर दिन बनाता है। इसी तरह नेटवर्क मार्केटर सिर्फ़ तभी क़ायम रहता और फलता-फूलता है, जब वह नए लोगों को व्यवसाय में लाता है और उन्हें बिज़नेस बनाने में सशक्त बनाता है। अगर आप सोचते हैं कि आप व्यक्तिगत स्पॉन्सरिंग नहीं कर सकते, तो कृपया ज़्यादा समय बर्बाद न करें और इस बिज़नेस को इसी समय छोड़ दें।

जिस पल आप यह बिज़नेस शुरू करते हैं, पूरा संसार आप पर यह लेबल लगा देता है कि आप लोगों को जोड़ने के बिज़नेस में हैं। जब आपके आस-पास का हर व्यक्ति यही सोचता है कि आप हर रोज़ लोगों को बिज़नेस में लाने का काम कर रहे हैं, तो आप हक़ीक़त में ऐसा करते क्यों नहीं और वह भी आक्रामक रूप से?

41

अगर आप अपना लक्ष्य हासिल नहीं कर पा रहे हैं; तो तरीक़ा बदलें, इरादा नहीं।

जब भी आप किसी लक्ष्य को हासिल करने के लिए नया काम शुरू करेंगे, तो हमेशा आपके सामने चुनौतियाँ और परेशानियाँ आएँगी। लोग और स्थितियाँ आपको हैरान कर देंगे तथा परिणाम आपकी उम्मीद से अलग होंगे। यह हर करियर में महत्त्वपूर्ण पल होता है, जहाँ विजेता पराजितों से अलग होते हैं और हीरे व कोयले में फ़र्क़ पहचाना जाता है।

असफलता या निराशा के समय आपको अपने आंतरिक संवाद पर नज़र रखने की ज़रूरत है, यानी, हर वह चीज़ जो आप ख़ुद से बोलते हैं। जब मुश्किल स्थिति आती है, तो ज़्यादातर लोग उस जाल में फँस जाते हैं, जिसे मैं ईबीसी रोग कहता हूँ, बहाने, दोषारोपण या शिकायत (Excuse, Blame or Complain), लेकिन इसी स्थिति में विजेता सृजनात्मक बनकर वैकल्पिक समाधानों की तलाश करते हैं।

मेरा ऐसा मानना है कि समस्याएँ कामयाबी की राह पर एक मील के पत्थर की तरह होती हैं। असफलता एक फ़ीडबैक है। अगर आपके कामों से मनचाहे परिणाम नहीं मिल रहे हैं, तो यह छोड़ने का समय नहीं है, यह तो कोई नई चीज़ आज़माने का समय है। यह शिकायत करने का समय नहीं है, यह तो सृजनात्मक बनने का समय है। दरअसल, यही विकास करने का एकमात्र तरीक़ा है।

हम तब विकास नहीं करते हैं, जब हर चीज़ बेहतरीन हो रही हो। हम तो तब विकास करते हैं, जब योजनाएँ असफल होती हैं। इसे याद रखें कि जब योजना बिखर जाती है, तभी असली काम शुरू होता है। बस ख़ुद से यह सवाल पूछें, *इस समय वह सर्वश्रेष्ठ चीज़ कौन सी है, जो मैं कर सकता हूँ?* और फिर उसे कर दें।

42

हरकत में बरकत है।

हर बिज़नेस की कुछ केंद्रीय गतिविधियाँ होती हैं, जो सीधे परिणामों और उत्पादकता को बढ़ाती हैं। नेटवर्क मार्केटिंग में कोई ऑफ़िस, कोई बॉस और कोई औपचारिक नियम नहीं होते, तो फिर इस बिज़नेस को कौन सी चीज़ चलाती है? संप्रेषण। आप अकेले व्यक्तियों से मीटिंग कर सकते हैं, फ़ोन पर बात कर सकते हैं, व्हाट्सऐप पर संप्रेषण कर सकते हैं और दूसरे ऑनलाइन संवाद कर सकते हैं, लेकिन आमने-सामने की मीटिंग संप्रेषण का सर्वश्रेष्ठ रूप है। सभी नेटवर्क मार्केटिंग टीमों में, चाहे वे छोटी हों या बड़ी, नई हों या पुरानी, महानगरों में हों या छोटे गाँव में, मीटिंग्स बिज़नेस की लाइफ़लाइंस हैं और मीटिंग्स की बदौलत ही बिज़नेस जारी रहता है।

मीटिंग/कार्यक्रम में हिस्सा लेने से लोगों को साझा स्वप्न, आत्मविश्वास, आस्था और टीम भावना मिलती है। जो लोग मीटिंग में हिस्सा नहीं लेते हैं, वे आम तौर पर पर सबसे पहले छोड़ देते हैं। मीटिंग्स ऐसी जगहें हैं, जहाँ लोगों को एक-दूसरे की उपलब्धियों को जानने का मौक़ा मिलता है और एक व्यक्ति की अच्छी गति व उपलब्धि टीम की गति में बदल जाती है। जिन टीमों में गति होती है, वे 3-5 गुना ज़्यादा बड़ी और ज़्यादा तेज़ उपलब्धियाँ हासिल करती हैं और मीटिंग्स के बिना गति संभव नहीं होती।

इस नियम को याद रखें - आपकी टीम में मीटिंग्स की संख्या जितनी ज़्यादा होगी, आपकी आमदनी उतनी ही ज़्यादा होगी और आपका व्यवसाय भी उतना ही ज़्यादा स्थायी होगा। इसलिए बिज़नेस प्रज़ेंटेशन्स, स्ट्रेटेजी मीटिंग्स, हॉल मीटिंग्स, प्रॉडक्ट डिमॉन्स्ट्रेशन्स और विशेषज्ञतापूर्ण नेटवर्क मार्केटिंग कार्यक्रमों के ज़रिये अपनी टीम से जुड़े रहें।

43

ईश्वर आपको उतनी ही चुनौती देते हैं,
जितनी आप संभाल सकते हैं।

कल्पना करें कि आप घर पहुँचते हैं। आपके पास शॉपिंग के दो बैग हैं – एक बड़ा और एक छोटा। आपके दो बेटे आपके पास भागकर आते हैं, जिनमें से एक 10 साल का है और दूसरा 7 साल का। आप ज़्यादा भारी बैग किसे देंगे? मैं जब भी श्रोताओं से यह सवाल पूछता हूँ, मुझे जवाब मिलता है कि हम ज़्यादा भारी बैग 10 साल के बच्चे को देंगे और हल्का वाला 7 साल के बच्चे को। क्यों? क्योंकि अभिभावक होने के नाते हम जानते हैं कि हर बच्चा कितना बोझ उठा सकता है और हम उन्हें उतनी ही चुनौती देते हैं, जितनी वे आसानी से सँभाल सकते हैं।

हम सभी ईश्वर की संतान हैं। अगर हम जानते हैं कि अपने हर बच्चे को कितना बोझ दें, तो ईश्वर निश्चित रूप से बेहतर जानता है, इसलिए वह आपको केवल उतनी ही चुनौती देगा, जिसे आप आसानी से सँभाल राकते हैं।

जब हर दरवाज़ा आपके सामने बंद होता नज़र आ रहा हो और आप घोर निराशा में हों, ऐसे समय कृपया याद रखें कि आपके पास हर चुनौती से उबरने की शक्ति है, जिससे आप गुज़र रहे हैं। आप तैयार हैं। आप सक्षम हैं। आपके पास हर वह चीज़ है, जिसकी ज़रूरत है। आस्था की छलाँग लगाएँ और आगे बढ़ जाएँ।

44

"एक दिन मैं इस व्यवसाय में सफल होऊँगा!" यह व्यावसायिक रणनीति नहीं, बल्कि प्रार्थना है।

ज़्यादातर नेटवर्क मार्केटिंग लीडर्स या ट्रेनर्स मंच पर अपनी कहानी बताते हैं और इस आम संवाद से अपनी बात ख़त्म करते हैं – ''अगर मैं यह कर सकता हूँ, तो आप भी कर सकते हैं।'' ज़्यादातर नेटवर्क मार्केटिंग कार्यक्रमों में ट्रेनिंग के नाम पर सिर्फ़ पुरस्कार वितरण और प्रेरक कहानियाँ/घोषणाएँ भरी होती हैं। लोग इन कार्यक्रमों से इस नक़ली भ्रम के साथ लौटते हैं कि किसी दिन वे भी सफल होंगे, लेकिन यह नक़ली प्रेरणा एकाध दिन में मुरझा जाती है और लोग कुंठित होकर यह बिज़नेस छोड़ देते हैं।

अगर आप 50,000 रुपये की नौकरी पाने के लिए कम से कम 3–5 साल तक पढ़ाई और लाखों रुपये का निवेश करते हैं, तो फिर आप सफल नेटवर्क मार्केटर बनने के लिए समय और धन का निवेश किए बिना इस बिज़नेस में सफल होने की उम्मीद कैसे कर सकते हैं?

अगर आप सर्वश्रेष्ठ बनना चाहते हैं, तो सर्वश्रेष्ठ से सीखें। संसार तेज़ी से बदल रहा है और बीते हुए कल के प्रशिक्षणों, योग्यताओं और तकनीकों से आज का बिज़नेस नहीं किया जा सकता। अपने अपलाइन और कंपनी प्रशिक्षण सिस्टम से सीखें। इसके साथ-साथ इस बिज़नेस के कामयाब ट्रेनर्स और विशेषज्ञों से निरंतर विशेष ट्रेनिंग्स लेते रहें। अगर आपका बेटा एक क्लास में फेल हो जाता है, तो आप उसके शिक्षक को बदलते हैं, लेकिन कभी उसकी शिक्षा नहीं छोड़ते। उसी तरह अगर आपका बिज़नेस ठीक से नहीं चल रहा तो बिज़नेस मत बदलिए, अपनी ट्रेनिंग्स बदल कर काम करने का सही तरीक़ा सीखिए। आज जितना ज़्यादा सीखेंगे, उतना ही ज़्यादा कमाएंगें।

45

$I=N^2$

आमदनी/प्रभाव = सक्रिय डिस्ट्रिब्यूटर्स की संख्या।

यह एक फ़ॉर्मूला आपके नेटवर्क मार्केटिंग बिज़नेस को पूरी तरह बदलने की क्षमता रखता है। मेरा दृढ़ विश्वास है कि यह इस बिज़नेस में आपका चरम लक्ष्य होना चाहिए। अगर आप इस बिज़नेस में बड़ी आमदनी चाहते हैं, तो कभी अपनी आमदनी के बारे में न सोचें, बल्कि अपनी टीम में सक्रिय डिस्ट्रिब्यूटर्स की संख्या को बढ़ाने की दिशा में काम करें। अगर आपकी टीम में सक्रिय डिस्ट्रिब्यूटर्स की संख्या बढ़ रही है, तो आपकी आमदनी और परिणाम अपने आप बढ़ेंगे। इसलिए हर महीने अपनी टीम में लेग के हिसाब से सक्रिय डिस्ट्रिब्यूटर्स की सूची बनाएँ और हर महीने इस संख्या को बढ़ाने पर ध्यान केंद्रित करें।

आप में से कुछ लोग प्रॉडक्ट्स बेचने में माहिर हो सकते हैं। यह बहुत शानदार है, लेकिन कभी न भूलें कि आपका बिज़नेस कई गुणा तभी बढ़ेगा, जब आप इन ग्राहकों को डिस्ट्रिब्यूटर्स या सक्रिय बिज़नेस बनाने वालों में बदलेंगे। प्रॉडक्ट्स लोगों को शामिल नहीं करते हैं; लोग प्रॉडक्ट्स को बेचते हैं। आप अपने लिए तय कर सकते हैं कि आप किसे सक्रिय डिस्ट्रिब्यूटर मानते हैं और फिर सक्रिय डिस्ट्रिब्यूटर्स की संख्या की निगरानी कर सकते हैं। मैंने अपनी पहली पुस्तक *बनिए नेटवर्क मार्केटिंग मिलियनेयर* में 15 अनिवार्य गुणों वाला एक्टिव डिस्ट्रिब्यूटर स्कोर कार्ड दिया है।

हमेशा याद रखें, आप उतने ही बड़े और शक्तिशाली हैं जितनी बड़ी और शक्तिशाली आपकी टीम है। इसलिए अपना विकास करें और अपनी टीम में लीडर्स का विकास भी जारी रखें।

46

ख़ज़ाना फ़ॉलो थ्रू में होता है।

मैं इस एक पंक्ति में अपने 2 दशकों के सेल्स अनुभव का सार बता सकता हूँ - ख़ज़ाना फ़ॉलो थ्रू में होता है। आपका हर प्रॉस्पेक्ट किसी दिन आपके साथ जुड़ेगा, बशर्ते आपके पास फ़ॉलो थ्रू प्रक्रिया जारी रखने का समर्पण और परिपक्वता होगी। आप यह बिज़नेस इसलिए कर रहे हैं, क्योंकि आपको इस पर विश्वास है। जब आप यह विश्वास अपने प्रॉस्पेक्ट तक पहुँचा देते हैं, तो सेल्स हो जाती है। कई बार इस विश्वास को पहुँचाने में 2 मीटिंग्स की ज़रूरत होती है और कई बार 5 से 10 मीटिंग लग जाती हैं, इसलिए आपका लक्ष्य फ़ॉलो थ्रू की प्रक्रिया को तब तक जारी रखना है, जब तक कि सेल्स न हो जाए।

विडंबना यह है कि ज़्यादातर नेटवर्क मार्केटर्स या तो फ़ॉलो थ्रू मीटिंग करते नहीं हैं या सिर्फ़ यह पूछने के लिए करते हैं कि प्रॉस्पेक्ट शुरू करने के लिए तैयार है या नहीं। वास्तव में फ़ॉलो थ्रू मीटिंग वह होती है, जहाँ प्रॉस्पेक्ट प्रश्न पूछता है और अपने अतीत के अनुभवों पर बात करता है। यहाँ आपको उनके विश्वास और आत्मविश्वास को बढ़ाने का अवसर मिलता है। मैंने हमेशा अपनी टीम के साथियों को बताया है कि अगर आप 3-5 फ़ॉलो थ्रू मीटिंग्स न कर सकें, तो आपको बिज़नेस अपॉर्च्युनिटी कभी नहीं बताना चाहिए।

जो सेल्स आप इस महीने पूरी न कर पाए, उन्हें अपने फ़ॉलो थ्रू पूल में रख दें और प्रॉस्पेक्ट को चिढ़ाए बिना पेशेवर तरीक़े से प्रक्रिया जारी रखें।

47

असली प्रतिभा लोगों को बिज़नेस में लाने में नहीं, बल्कि बिज़नेस में क़ायम रखने में निहित है।

ज़्यादातर नेटवर्क मार्केटर्स को ऐसा लगता है कि लोगों को नेटवर्क मार्केटिंग बिज़नेस में लाना मुश्किल होता है, लेकिन लोगों को क़ायम रखना तथा बिज़नेस में सक्रिय रखना और भी ज़्यादा मुश्किल होता है। आपका बिज़नेस तभी बढ़ेगा और आपको बड़ी निष्क्रिय आमदनी तभी मिलेगी, जब आपके साथ शुरू करने वाले लोग आपके साथ बने रहेंगे और सक्रियता से काम करेंगे। टीम को क़ायम रखने की इन चार रणनीतियों को आज़माएँ, जो मेरे हज़ारों प्रशिक्षुओं के संदर्भ में कारगर रही हैं –

- अपने नए एसोसिएट्स से अपनी कंपनी के प्रॉडक्ट्स का इस्तेमाल कराएँ। उन्हें प्रॉडक्ट्स के बारे में सारी जानकारी और प्रमाण दें। अगर वे प्रॉडक्ट्स से ख़ुश हैं, तो वे नियमित रूप से दोबारा ख़रीदेंगे और विश्वास के साथ दूसरों को प्रॉडक्ट्स की अनुशंसा करेंगे।
- अपनी टीम को सर्वश्रेष्ठ परिवेश प्रदान करें, जो उन्हें बिज़नेस में बने रहने के लिए प्रेरित करे। अगर आप मूल्यों, नीतिशास्त्र, पारिवारिक बंधन, संबंध और मानसिक उन्नति की संस्कृति बनाने में सफल हो जाते हैं, तो लोग ख़ुशी-ख़ुशी आपकी टीम में बने रहेंगे।
- नए एसोसिएट्स के लिए सही उड़ान का सिस्टम विकसित करें। अगर नए एसोसिएट्स को सही बुनियाद मिल जाती है, तो उनके बिज़नेस में रुके रहने की संभावना कई गुना बढ़ जाती है।
- उन्हें कोई ऐसी चीज़ सिखाएँ, जो उनके जीवन में मूल्य बढ़ाती हो और बेहतर व्यक्ति बनने में उनकी मदद करती हो। उन्हें सर्वांगीण विकास प्रशिक्षण दें, जो सचमुच काया-कल्पकारी हो।

48

भेड़ों की जिस सेना का नेतृत्व एक शेर
कर रहा हो, वह हमेशा शेरों की उस सेना
को हरा देगी, जिसका नेतृत्व
एक भेड़ कर रही हो

यह बिज़नेस नेतृत्व पर टिका है।

कोई नेतृत्व नहीं = कोई नेटवर्क मार्केटिंग नहीं

बेहतरीन नेतृत्व = बेहतरीन बिज़नेस साम्राज्य

जब आप बिज़नेस शुरू करते हैं, तो आप किसी लीडर की टीम का हिस्सा होते हैं। हर व्यक्ति इसी तरह शुरू करता है, लेकिन जब आप अपने बिज़नेस का विकास करते हैं, तो आपको अपनी नेतृत्व योग्यता का विकास करने और बेहतरीन लीडर बनने की ज़रूरत होती है। सिर्फ़ एक महान लीडर ही ज़्यादा लीडर्स को आकर्षित कर सकता है और उन्हें बेहतर लीडर बना सकता है। जब आप बेहतरीन लीडर होते हैं, तो अच्छे प्रॉस्पेक्ट्स आपकी टीम में आते हैं। आपकी टीम के साथी आत्मविश्वास से आपकी टीम में काम करते हैं। टीम क़ायम रहती है, सेल्स कई गुना हो जाता है और लोग आपकी रणनीतियों का अनुसरण करते हैं।

नेटवर्क मार्केटिंग नेतृत्व में पहला क़दम आपकी उपलब्धि है। इस तरह के बहाने बनाना छोड़ दें – मैं टीम की मदद करने में व्यस्त हूँ, मैं इस वक़्त सिर्फ़ एक लेग पर ध्यान केंद्रित कर रहा हूँ, मैं पार्ट-टाइम काम कर रहा हूँ, मेरे पास अनुभव नहीं है, लोग नकारात्मक हैं, मेरी लिस्ट ख़त्म हो गई है, मैं नया हूँ आदि। ये सारे बहाने आपके बिज़नेस को नष्ट कर देंगे।

अपने नेतृत्व का विकास करना आपकी सबसे बड़ी जिम्मेदारी है। सफल बनें। ज़्यादा सीखें, विशेष प्रशिक्षण कार्यक्रमों में जाएँ, हर दिन मेहनत करें, अपनी योग्यताओं को बढ़ाएँ, अपनी मानसिकता को बेहतर बनाएँ, कोच के साथ काम करें, स्पर्द्धाओं में शामिल हों, अपनी टीम के लिए विशेष प्रशिक्षण कार्यक्रम बनाएँ, अपने ख़ुद के नेतृत्व विकास पर ध्यान केंद्रित करें और पूरे समर्पण के साथ अपना बिज़नेस बनाएँ।

49

आपकी जेब में इन दोनों में से
एक ही रह सकता है – अहं या सफलता।
चयन आपका है।

असंख्य स्मार्ट, गुणी और पहले से सफल लोग दो सरल कारणों से इस बिज़नेस को करने में सफल नहीं हो पाते हैं -

1. वे इस बिज़नेस को उसी तरह करने की कोशिश करते हैं, जिस तरह उन्होंने अपने मौजूदा करियर को बनाया था। वे भूल जाते हैं कि अलग-अलग व्यवसायों, नौकरियों या पेशे में सफलता के लिए अलग-अलग व्यक्तिगत गुणों, योग्यताओं और रणनीतियों की ज़रूरत होती है। जिन चीज़ों ने आपको डॉक्टर के रूप में भारी सफलता दिलाई है, वे आपको सफल उद्यमी या सीईओ नहीं बना सकतीं। इसी तरह अगर आप सफल डायरेक्ट सेलर बनना चाहते हैं, तो आपको डायरेक्ट सेलिंग का विद्यार्थी बनना चाहिए और इस बिज़नेस के सिद्धांतों व रणनीतियों के हिसाब से काम करना चाहिए।
2. शुरुआती सफलता कई बार लोगों में यह भ्रम पैदा कर देती है कि वे हर चीज़ जान चुके हैं। कृपया याद रखें, आप इस बिज़नेस में विकास के लिए आए हैं। आपके वर्तमान ज्ञान और योग्यताओं ने आपको पहले ही वह सफलता प्रदान कर दी है, जितना यह कर सकती थी। अब अगर आप इससे आगे बढ़ना चाहते हैं, तो आपको नई चीज़ें सीखने और ख़ुद को अपग्रेड करने की ज़रूरत है।

इस बिज़नेस को सीखें और सही सिस्टम व रणनीतियों के साथ काम करें। याद रखें, इस बिज़नेस को शुरू करने का आपका लक्ष्य आपकी पिछली सफलता या ज्ञान का प्रदर्शन नहीं है; लक्ष्य तो इस नए बिज़नेस में सफल होना है।

50

सूचना देना, आमंत्रण देने से बिलकुल अलग है। जो लोग नए युग की आमंत्रण योग्यताओं में माहिर बनेंगे, उनका बिज़नेस हमेशा स्थायी और प्रगतिशील होगा।

इस बिज़नेस में नये लोगों को लाना मुश्किल काम नहीं है। असली चुनौती तो उन्हें गंभीर बिज़नेसपर्सन में बदलना है। यह तब होता है, जब आप इस बिज़नेस के प्रति उनका भरोसा, आत्मविश्वास और नज़रिये को बदलते हैं। यह परिवर्तन सिर्फ़ कार्यक्रमों के दौरान ही होता है। इसीलिए लोगों को कार्यक्रमों में आमंत्रित करना इस बिज़नेस में सफलता के लिए अति महत्त्वपूर्ण कौशल है।

ज़्यादातर लोगों के लिए आमंत्रण का मतलब व्हाट्सऐप समूहों पर ज़ूम लिंक फ़ॉरवर्ड करना या अपने सोशल मीडिया अकाउंट्स पर कार्यक्रम के आमंत्रण पोस्ट करना होता है। यह आमंत्रण नहीं है। यह तो सिर्फ़ सूचना देना है और कोई सूचना देखकर किसी कार्यक्रम में नहीं आता।

इसलिए अगर आप इस बिज़नेस के प्रति समर्पित हैं, तो कार्यक्रमों में अपनी टीम के साथियों को आमंत्रित करने के लिए अधिकतम उत्साह और भरोसे के साथ काम करें। आपको बहुत से फ़ोन करने, बहुत सी मीटिंग्स करने और कार्यक्रमों के बारे में लोगों को रिमाइंडर के फ़ोन करने की ज़रूरत हो सकती है। जब आप किसी से 2 घंटे के लिए अपने कार्यक्रम में शामिल होने को कहते हैं, तो ऐसे कई लोग या कार्यक्रम होते हैं, जो उस व्यक्ति से वही 2 घंटे चाह रहे होते हैं। इसलिए सामान्य नियम यह है कि आपका आमंत्रण इतना शक्तिशाली होना चाहिए कि आपके आमंत्रित लोग अपनी बाक़ी सारी व्यस्तताएँ छोड़कर आपके कार्यक्रम में भाग लेने को प्राथमिकता दें।

आमंत्रित करना नेटवर्क मार्केटिंग प्रशिक्षणों की एक ऐसी योग्यता है, जिसे काफ़ी कम महत्त्व दिया जाता है। इस पर ध्यान केंद्रित करें और इसमें जल्दी से माहिर बनें।

51

आपकी आँखों में चमक और चेहरे की दमक जितनी सेल्स करती हैं, उतना प्रॉडक्ट का ज्ञान या प्रज़ेंटेशन योग्यताएँ नहीं करतीं

आपका प्रॉडक्ट और बिज़नेस प्लान का ज्ञान निश्चित रूप से महत्त्वपूर्ण है, लेकिन यह बिक्री करने के लिए पर्याप्त नहीं है। वास्तव में, अगर यह मामला होता, तो कंपनियाँ लाखों लोगों को उत्कृष्ट बिज़नेस प्रज़ेंटेशन ईमेल कर देतीं और बिक्री तेज़ी से होने लगती।

कृपया याद रखें कि लोग नेटवर्क मार्केटिंग बिज़नेस सिर्फ़ एक साबुन, हेल्थ सप्लीमेंट या फ़ेयरनेस क्रीम ख़रीदने भर के लिए शुरू नहीं करते हैं; लोग तो यह बिज़नेस एक अवसर के लिए शुरू करते हैं, जो उनके सपनों को पूरा कर सके और उनके जीवन का काया-कल्प कर सके। लोग आपके साथ इसलिए शुरू करते हैं, क्योंकि वे आशा करते हैं कि आपका साथ और मार्गदर्शन ज़्यादा तेज़ी से सफल होने में उनकी मदद करेगा।

आपके ज़्यादातर प्रॉस्पेक्ट्स पहले ही समान प्रॉडक्ट्स और प्रज़ेंटेशन देख चुके हैं, लेकिन इस बार जो अनूठा है, वह हैं आप। आपके शब्द झूठ बोल सकते हैं, लेकिन आपकी बॉडी लैंग्वेज और अवचेतन मन झूठ नहीं बोलते। इसीलिए आपकी आँखों की चमक, आपके शब्दों में आत्मविश्वास, आपके चेहरे की दमक और अपने सपनों की दिशा में काम करने का रोमांच सबसे बड़े बिक्री करने वाले घटक हैं।

चमक तब आती है, जब आप सच्चे होते हैं, अच्छी तरह तैयार होते हैं, अपनी कंपनी और प्रॉडक्ट्स के प्रति आपमें पूरा विश्वास होता है, आप अपने प्रॉडक्ट्स तथा बिज़नेस को उचित रूप से जानते हैं और आपको बिज़नेस पर पूरा भरोसा होता है। अपने बिज़नेस को नीतिशास्त्र और पेशेवर अंदाज़ की बुनियाद पर बनाएँ; आप निश्चित रूप से सफल होंगे।

52

नैतिक उन्नति के महारथी बनें और हर अवसर पर लोगों को ऊपर उठाएँ।

नेटवर्क मार्केटिंग लोगों का व्यवसाय है और लोगों को ऊपर उठाना आपके कार्य विवरण का हिस्सा है। लोगों के साथ हर संपर्क का इस्तेमाल उन्हें ऊपर उठाने के लिए करें। स्वर्णिम नियम याद रखें – आपको लोग जैसे मिलते हैं, उन्हें उससे बेहतर छोड़ें।

विश्वास और सम्मान आपकी आईडी के साथ नहीं आते हैं, आपको उन्हें अर्जित करना पड़ता है और सम्मान अर्जित करने का एक बहुत अच्छा तरीक़ा इसे देना है। लोगों की उम्र, पृष्ठभूमि, पेशा, रैंक या वित्तीय स्थिति जो भी हो, उनका सम्मान करें। अपने लोगों के साथ खड़े हों। उनके अच्छे और बुरे समय में उनका साथ दें।

सच्ची सुरक्षा कभी पैसे से नहीं मिलती; सुरक्षा संबंधों से मिलती है। भगवान राम को राज्याभिषेक के सिर्फ़ एक दिन पहले 14 वर्ष का वनवास दिया गया था। उनका महल और सारी दौलत एक रात में ग़ायब हो गई, लेकिन उनका भाई और उनकी पत्नी उनके साथ रहे। यह महाभारत में भी देखने को मिलता है। पांडवों से हर चीज़ छीन ली गई, लेकिन पाँचों भाई सभी स्थितियों में एक साथ रहे और दोबारा ऊपर उठे।

एक पल के लिए अगर बिज़नेस को भूल भी जाएं तो भी एक इंसान होने के नाते आपको दूसरे इंसानों को प्रोत्साहित करना चाहिए और उनकी हर सम्भव मदद करनी चाहिए। हर व्यक्ति किसी ना किसी चुनौती से जूझ रहा है और पता नहीं आपका कौनसा शब्द उन्हें आगे बढ़ने की प्रेरणा दे दे। वैसे भी अच्छा बोलने के लिए पैसे तो नहीं लग रहे, तो क्यों ना इसे पूरे दिल से करें?

53

मुझे अपना कैलेंडर दिखा दें और मैं आपकी उपलब्धियों का आकार तथा आपके जीवन स्तर की भविष्यवाणी कर सकता हूँ।

जीवन दिनों में मापा जाता है। अगर आपके दिन अच्छे जा रहे हैं, तो आपका जीवन अच्छा जा रहा है। अगर आप अपने दिनों का अच्छा प्रबंधन कर सकते हैं, तो आपका जीवन अपने आप अच्छी तरह से चलेगा। नेटवर्क मार्केटर्स 5 से 10 साल के लक्ष्य तय करने में उत्कृष्ट होते हैं, लेकिन जब बात दिनों की आती है, तो उनमें से ज़्यादातर इसे संयोग या इच्छाशक्ति पर छोड़ देते हैं।

कृपया एक बात ध्यान से समझ लें कि अगर आप अगले 5 साल के लक्ष्यों की योजना बनाते हैं और उन पर ध्यान केंद्रित करते हैं, तो हो सकता है कि आप उन्हें हासिल न कर पाएँ, लेकिन अगर आप अपने दिनों की सावधानी से योजना बनाते हैं और उस पर अमल करते हैं, तो आप निश्चित रूप से उन्हें हासिल कर लेंगे। यह इतना महत्त्वपूर्ण है कि मेरे लाइव कार्यक्रम यूसीवाई - अनलीश द चैंपियन इन यू - में हम 100 पेज़ की वर्कबुक और एक अनूठी प्रक्रिया का इस्तेमाल करते हुए डे शेड्यूलिंग पर 5 घंटे निवेश करते हैं।

आपको समय के बारे में स्वार्थी बनना चाहिए और अपने समय को महत्त्व देना चाहिए। इस बात पर क़रीबी निगाह रखें कि आप हर दिन किस चीज़ या व्यक्ति को अधिकतम समय देते हैं। कैलेंडर के साथ काम करें। अगर बेहतर स्वास्थ्य आपकी 5 साल की योजना का हिस्सा है, तो आपको स्वास्थ्य के लिए हर दिन कुछ समय तय करना चाहिए। अगर आपका परिवार आपकी प्राथमिकता है, तो इसे आपके कैलेंडर पर दिखना चाहिए। जो भी आपके लिए महत्त्वपूर्ण है, उसे आपके कैलेंडर पर होना चाहिए। आपका कैलेंडर झूठ नहीं बोलता।

54

आपकी कंपनी के शीर्ष रैंक पर पहुँचने का सबसे तेज़ तरीक़ा व्यक्तियों को टीमों में तेज़ी से बदलना है।

आपके साथ बिज़नेस कौन शुरू करता है? एक अकेला व्यक्ति। शिखर पर कौन पहुँचता है? वे व्यक्ति, जो लीडर बनते हैं और उनकी ख़ुद की टीमें बनाते हैं। व्यक्ति बिज़नेस शुरू करते हैं; टीमें शिखर पर पहुँचती हैं। इस बिज़नेस में सबसे सफल लोग वे हैं, जो व्यक्तियों को टीमों में तेज़ी से बदलने की कला जानते हैं।

क्यों नेटवर्क मार्केटर्स बरसों तक बिना किसी सफलता के संघर्ष करते रहते हैं, क्योंकि उनमें ज़्यादातर को काफ़ी कुछ मछली पकड़ने की तरह यह बिज़नेस करने के लिए प्रशिक्षित किया गया है, जहाँ आप जाल फेंककर इंतज़ार करते हैं कि आपके आकर्षण के नियम, दृढ़ कथनों, सकारात्मक सोच और प्रेरणा की बदौलत मछली आपके जाल में फँस जाएँ। अगर नए डिस्ट्रिब्युटर्स को टीम में बदलना, बिज़नेस के लिए इतना महत्त्वपूर्ण है, तो आप उसे संयोग के भरोसे नहीं छोड़ सकते।

आपको अपनी हर महत्त्वपूर्ण बिज़नेस गतिविधि के लिए सिस्टम्स बनाने की ज़रूरत है -

- कौन से कार्यक्रम हैं, जिनमें एसोसिएट्स को हर महीने सम्मिलित होना चाहिए?
- कौन से टूल्स हैं, जो बिज़नेस बनाने की अलग-अलग अवस्थाओं में एसोसिएट्स को बताए जाएँगे?
- भावी लीडर्स को पहचानने के मानदंड क्या हैं?
- अलग-अलग स्तरों के लीडर्स के लिए विशेषज्ञतापूर्ण कार्यक्रम कौन से हैं?
- आप किस तरह कार्यक्रम आयोजित करने, प्रॉडक्ट्स के प्रदर्शन, बुनियादी प्रशिक्षण, प्लान के प्रज़ेंटेशन, नेतृत्व प्रशिक्षण, व्यावसायिक योग्यता प्रशिक्षण आदि के लिए ट्रेनर्स या प्रज़ेंटर्स को प्रशिक्षित करेंगे?

55

फ़र्क़ इस बात से नहीं पड़ता कि आप इस बिज़नेस को फुल टाइम करते हैं या पार्ट टाइम, सफलता तो सही समय पर सही लोगों के साथ सही कामों को करने से मिलती है।

आप कई नेटवर्क मार्केटर्स को यह कहते सुनेंगे कि वे एक बड़ा बिज़नेस सिर्फ़ इसलिए नहीं बना पाए, क्योंकि वे इसे अपनी नौकरी, पेशे या किसी दूसरे बिज़नेस के साथ पार्ट-टाइम कर रहे थे। यह सरासर झूठ है और अपनी नाकामयाबी को छिपाने का कमज़ोर बहाना है।

कोई डायरेक्ट सेलिंग कंपनी पार्ट-टाइमर और फुल टाइमर को अलग-अलग कमीशन नहीं देती! हमें सही तंत्र में उत्पन्न सेल्स वॉल्यूम के हिसाब से आय मिलती है। अंबानी और टाटा सैकड़ों व्यवसाय कर रहे हैं; उनका कौन सा व्यवसाय पार्ट टाइम है और कौन सा फुल टाइम है? अगर वे इतने सारे बिज़नेस एक साथ कर सकते हैं, तो आप अपने नेटवर्क मार्केटिंग बिज़नेस के साथ अपनी नौकरी/पेशे का प्रबंधन क्यों नहीं कर सकते?

कृपया याद रखें - यह पार्ट टाइम या फुल टाइम के बारे में नहीं है। यह तो बिज़नेस के बुनियादी कामों को हर दिन करने और सही टीम बनाने के बारे में है। आपको बिज़नेस पर ध्यान केंद्रित करने और हर दिन इसे मज़बूत करने के लिए समय लगाने की ज़रूरत है। अगर आप इस बिज़नेस को पार्ट टाइम में सही तरीक़े से नहीं कर सकते, तो आप इसे फुल टाइम भी सही तरीक़े से नहीं कर पाएँगे। वैसे अगर आपकी आमदनी स्थायी है और आपका बिज़नेस तेज़ी से फैल रहा है, तो आपको फुल टाइमर बन जाना चाहिए। इस स्थिति में अपने बिज़नेस को पूरा समय न देने का आपके विकास पर विपरीत प्रभाव पड़ सकता है।

56

अगर आप इस बिज़नेस को करते समय ख़ुश नहीं हैं, तो आप कुछ तो ग़लत कर रहे हैं।

अपनी महत्त्वाकांक्षाओं को ऊपर उठाएँ और बड़े लक्ष्य तय करें। कल के बजाय आज ज़्यादा मेहनत करें। बड़ी कारों, महलों, निजी जेट विमान और हर संभव विलासिता के सपने देखें। ये सारी चीज़ें बेहतरीन हैं। समस्या तब शुरू होती है, जब आप ख़ुशी को अपनी उपलब्धियों से जोड़ देते हैं। कभी न भूलें कि आपका काम और निरंतर सुधार पूरी तरह से आपकी जिम्मेदारी हैं, लेकिन कई बार परिणाम आपके नियंत्रण में नहीं होते हैं।

इसलिए अगर आप सिर्फ़ तभी ख़ुश होंगे, जब आपके पास वह कार या वह मकान या वह रैंक होगी, तो आपने लक्ष्य की दिशा में महीनों और बरसों तक काम करते समय दुखी रहने का निर्णय ले लिया है। अपनी आँखें लक्ष्य पर रखें, लेकिन प्रक्रिया का आनंद लें। मेरा बेटा सक्षम कहता है कि खेल उस खिलाड़ी को सबसे ज़्यादा पुरस्कार देता है, जिसके लिए खेल सबसे बड़ा पुरस्कार होता है। प्रक्रिया से प्रेम करें। ख़ुशी को अपने जीवन का दिशासूचक बनाएँ। अगर आप 10,000 रुपये की आमदनी से ख़ुश नहीं हैं, तो आप 10 लाख रुपये की आमदनी से भी ख़ुश नहीं होंगे।

ख़ुशी और संतुष्टि के फ़र्क़ को समझें। हो सकता है कि मैं अपनी वर्तमान स्थिति से संतुष्ट न होऊँ, लेकिन मैं इसके बावजूद ख़ुश रह सकता हूँ। ख़ुशी एक निर्णय है; बस ख़ुश रहने का विकल्प चुनें और अपने लक्ष्यों की ख़ातिर काम करते रहें। अगर आप ख़ुशी-ख़ुशी काम करते हैं, तो सफलता भी ज़्यादा तेज़ी से मिलेगी।

57

ज़्यादा ग़लतियाँ करें और ज़्यादा बार असफल हों।

अगर आप किसी ऐसे व्यक्ति से मिलें, जिसने कभी कोई ग़लती न की हो, तो आश्वस्त रहें कि उसने कभी किसी नई चीज़ की कोशिश नहीं की है। जब भी आप कोई नई चीज़ करेंगे, तो आप ग़लतियाँ करेंगे। ग़लतियाँ और असफलताएँ आपके मेडल हैं। ग़लतियाँ इस बात का सबूत हैं कि आप कोशिश कर रहे हैं। अगर आप अपनी ग़लती से सीखते हैं, तो यह ग़लती नहीं रह जाती। यह तो एक अमूल्य अनुभव बन जाती है, जो आपके भविष्य को पूरी तरह बदल सकती है। साथ ही कृपया याद रखें, अगर आप एक ही ग़लती को बार-बार दोहराते हैं, तो यह ग़लती नहीं रह जाती, ये आपका निर्णय होता है।

मेरा बेटा सक्षम अच्छा बास्केटबॉल खिलाड़ी है और वह मुझे बताता है कि असली खेल शारीरिक नहीं, बल्कि भावनात्मक होता है। आप अपनी भावनात्मक मांसपेशियाँ कैसे मज़बूत बना सकते हैं? डर और असफलताओं के बावजूद काम करके। डर को अपना काम करने दें और आप अपना काम करें। डर आपको तभी तक सताएगा, जब तक आप इसका सामना नहीं करेंगे।

टीमें ढह सकती हैं, लोग छोड़कर जा सकते हैं, लेकिन आप फिर भी उठ कर खड़े हो सकते हैं। इसी तरह आप सच्चे लीडर बनते हैं। तब तक न रुकें, जब तक कि आप वैसे लीडर न बन जाएँ, जिस पर आपको गर्व हो। आपके पास हर वह चीज़ है, जिसकी ज़रूरत है। अब आपका समय है। अब आपकी बारी है। इसे करके दिखाएँ। बिज़नेस को आपकी उपलब्धियों की ज़रूरत है।

58

अगर आप बिज़नेस की बुनियाद
नीतिशास्त्र और सही शिक्षा पर रखते हैं,
तो स्थायित्व और विकास
स्वचालित होते हैं।

अगर आप अपने बिज़नेस में स्थायित्व और सतत विकास चाहते हैं, तो नीतिशास्त्र और सही शिक्षा को अपने बिज़नेस की बुनियाद बनाएँ। अगर प्रशिक्षण कार्यक्रम केवल प्रेरक सेमिनार हैं और उनका उद्देश्य एक ग्राहक से किसी न किसी तरह अधिकतम सेल्स हासिल करना है, तो आप अल्पकालीन खेल खेल रहे हैं।

अगर आप इस बिज़नेस को फ़टाफ़ट-अमीर-बनो योजना या लॉटरी जैसा मानते हैं, तो यह बिज़नेस आपको ज़्यादा पुरस्कार नहीं देगा, लेकिन अगर आप इस बिज़नेस को सही नीतिशास्त्र, मूल्यों, प्रशिक्षणों और सिस्टम्स के साथ बनाते हैं, तो यह आपको कई पीढ़ियों तक दौलत, मान्यता और ख़ुशी देता रहेगा।

आपको और आपकी टीम को हर दिन कुछ बुनियादी नियमों का पालन करना चाहिए -

- कभी झूठ न बोलें
- कभी कोई ऐसा वादा न करें, जिसे आप बाद में पूरा न कर सकें
- दूसरों के परिवार के सदस्यों को पूरा सम्मान दें और सही व्यवहार करें
- अगर कोई आपको प्रॉडक्ट्स या टिकटों के लिए पैसे देता है, तो समय पर पहुँचाएँ
- कभी किसी से नकारात्मक न बोलें, अपने डाउनलाइंस या क्रॉसलाइंस से भी नहीं
- अपलाइन और डाउनलाइन के बीच कोई क़र्ज़ नहीं हो
- हर एक से सम्मानजनक व्यवहार करें, चाहे उनकी उम्र, पेशा, शिक्षा, वित्तीय पृष्ठभूमि, भाषा या स्थान जो भी हो
- कभी अपने अवसर को बेहतर दिखाने के लिए किसी नौकरी या पेशे को नीचा न दिखाएँ।

59

उन लोगों के कारण अपना मार्ग न बदलें,
जो ख़ुद मार्ग पर नहीं हैं।

जब आप लोगों से इस बिज़नेस अपॉर्च्युनिटी पर बात करते हैं, तो आप इस बिज़नेस में असफलताओं और नकारात्मकता के बारे में कहानियाँ सुनेंगे। अगर आप 3 कारण बताते हैं कि लोगों को आपके साथ बिज़नेस शुरू क्यों करना चाहिए, तो वे आपको तुरंत 30 कारण बता देंगे कि आपको इसे क्यों छोड़ देना चाहिए।

ज़्यादातर नेटवर्क मार्केटर्स को यह अहसास नहीं होता कि जब लोग कहते हैं कि कोई इस बिज़नेस में सफल नहीं होता, तो यह तथ्य नहीं, बल्कि उनकी राय है। जब कोई कहता है कि यह बिज़नेस काम नहीं करता, तो वे सिर्फ़ यह बताना चाहते हैं कि उन्होंने अतीत में इस बिज़नेस को बनाने की कोशिश की है, लेकिन वे सफल नहीं हुए। अगर आप गहराई में जाकर जाँच करें, तो आप पाएँगे कि इनमें से ज़्यादातर मामलों में उन्होंने बुनियादी चीज़ें नहीं की थीं, उनके अपलाइन ने काम छोड़ दिया था या उन्होंने ग़लत कंपनी चुन ली थी। लोग बिज़नेस को दोष देकर अपनी असफलता को छिपाने की कोशिश करते हैं।

मैं आपको याद दिलाना चाहता हूँ कि अगर आप उस जीवनशैली का आनंद लेना चाहते हैं, जो शीर्षस्थ 1 प्रतिशत लोगों के पास है, तो वही करें, जो शीर्षस्थ 1 प्रतिशत लोग करते हैं। बीएमडब्ल्यू के बारे में कभी उस व्यक्ति से सलाह न माँगें, जो सबसे सस्ती सेकंड हैंड कार की तलाश में है। किसी भी खेल में खिलाड़ी शोर नहीं करते हैं, शोर तो दर्शक करते हैं। खिलाड़ी तो बस खेल पर ध्यान केंद्रित करते हैं और पैसे कमाते हैं।

60

अपने अपलाइन के बारे में शिकायत करना छोड़ें, ख़ुद एक बेहतरीन अपलाइन बनने की दिशा में काम करें।

जब आप बिज़नेस में विकास करने लगते हैं, तो अपलाइन और डाउनलाइन में कभी-कभी नौंक-झौंक या वाद-विवाद हो जाता है। यह स्वाभाविक है और ज़्यादातर सच्चे संघर्ष खुली बातचीत से सुलझाए जा सकते हैं, लेकिन यदि संघर्ष अहं, असुरक्षा, थोपे गए नेतृत्व या ग़लत इरादों के कारण है, तो आपको एक निश्चित निर्णय लेने और सही चीज़ करने की ज़रूरत होती है।

हर लीडर ने अपने बिज़नेस का पूर्ण स्वामित्व लेकर बड़ी सफलता हासिल की है। यह आपका बिज़नेस है और जब आप ज़्यादा सीखने, ज़्यादा करने व ज़्यादा बनने का निर्णय लेते हैं, तो हर अपलाइन को ख़ुश होना चाहिए, लेकिन अगर कोई आपके विकास से असहज है, तो कृपया अपने विकास की प्रक्रिया को न रोकें। आपने यह बिज़नेस अपने अपलाइन या डाउनलाइन को ख़ुश करने के लिए शुरू नहीं किया है, आपने यह बिज़नेस अपने सपनों को साकार करने और ज़िंदगी को अपनी शर्तों पर जीने के लिए शुरू किया है।

एकाग्र बने रहें और बेहतरीन अपलाइन बनने की दिशा में हर दिन काम करते रहें। यह मुश्किल हो सकता है और इसमें बहुत सी कठोर मेहनत की ज़रूरत होती है, लेकिन अगर आप इसे हासिल कर लेते हैं, तो आप जीवन भर के लिए लीडर बन जाएँगे। आपके पास जो है और आप जहाँ हो, वहीं से शुरू करें। अगर आप सीखने के इच्छुक हैं, तो आपको सही मेंटर, प्रशिक्षण और मदद मिल जाएँगे, जो आपका सर्वश्रेष्ठ संस्करण बनने में आपकी मदद करेंगे। इस दिशा में प्रयास करें और अपनी मंज़िल हासिल करें।

मेरे दिल से आपके दिल तक

अपने सपनों को पूरा करने की अविश्वसनीय बिज़नेस अपॉर्च्युनिटी चुनने पर बधाई। 2007 से मैंने 17 लाख से ज़्यादा नेटवर्क मार्केटर्स को प्रशिक्षित किया है और मैं आपको बताना चाहता हूँ कि यह इस बिज़नेस को करने के लिए विश्व के इतिहास में सबसे अच्छा समय है। इस पुस्तक में 60 महत्त्वपूर्ण बातें और रणनीतियाँ बताई गई हैं, जिनकी मदद से आप अपने जीवन और बिज़नेस को पूरी तरह बदल सकते हैं, बशर्ते आप मेहनत से उन पर अमल करें। मेरी टीम और मैं आपके सपनों की यात्रा में आपकी हर सम्भव मदद करने के लिए हमेशा आपके साथ हैं। इन 60 जानकारियों के अलावा मैं आपको कुछ अंतिम बातें बताना चाहता हूँ, जो मेरे दिल के क़रीब हैं।

आप चाहे कहीं भी पहुँच जाएँ और कितना भी हासिल कर लें, लेकिन कभी सीखना और विकास करना न छोड़ें। मेरे कोच हमेशा मुझे बताते थे कि प्रश्न यह नहीं है कि आप कहाँ से यहाँ तक आए हैं; प्रश्न तो यह है कि यहाँ से आप कहाँ पहुँचते हैं। सतत सुधार को अपना जीवन दर्शन बनाएँ, क्योंकि सफलता का हर अगला स्तर आपके एक भिन्न संस्करण की माँग करता है। अगर आप सीखने के इच्छुक हैं, तो कोई चीज़ आपको नहीं रोक सकती। अगर आप सीखने के लिए तैयार नहीं हैं, तो कोई आपकी मदद नहीं कर सकता। ख़ुद में निवेश करें। सर्वश्रेष्ठ बनने के लिए सर्वश्रेष्ठ से सीखें। प्रशिक्षण में ख़र्च किया गया धन ख़र्च नहीं कहलाता, यह तो आपके भविष्य की ख़ातिर निवेश होता है।

जब आप अपलाइन के रूप में विकास करें, तो अपनी टीम को पंख दें। उन्हें उड़ने दें। उन्हें ऊपर उठने दें। उनकी मदद करें। उन्हें नीचा न दिखाएँ

और उनके विकास की राह में आड़े न आएँ। सम्मान या नेतृत्व का जबरन आग्रह न करें। इसे अर्जित करें। अगर आप विश्वास करते हैं कि आप और आपका सिस्टम सही हैं, तो उन्हें कहीं भी जाने दें, सही लोग आपके पास ख़ुद लौट कर आएँगे।

लोगों को प्रभावित करने के लिए काम न करें। ख़ुद का विकास करने और एक साल पहले से बिलकुल अलग व्यक्ति बनने के लिए काम करें। मकानों या कारों का संग्रह बनाने में बहुत जल्दी न करें, लोगों को बनाएँ। पहले आप लोगों को बनाते हैं और फिर लोग बिज़नेस को बनाएँगे।

हर व्यक्ति इस बारे में बात करता है कि उन्हें इस उद्योग से क्या मिला है – कारें, मकान, विदेश यात्राएँ, आमदनी आदि। इस उद्योग को आज ऐसे कुछ लोगों की ज़रूरत है, जो इस बारे में सोचें कि उन्होंने उद्योग को क्या दिया है। मैं आपको यह सोचने के लिए आमंत्रित करता हूँ कि आप किस तरह से इस बिज़नेस के विकास में अपना योगदान दे सकते हैं। आइए, मिलकर हम इस सुंदर पेशे में ज़्यादा गर्व और गौरव लाएँ।

पिछले कुछ सालों से मैं नेटवर्क मार्केटर्स का ऐसा समुदाय बना रहा हूँ, जो उद्योग में योगदान देने के इच्छुक हैं। समान मानसिकता वाले लोगों का समुदाय, जो ऊपर उठने, उन्नति करने और उद्योग में योगदान देने के लिए समर्पित है। अगर आपकी रुचि हो, तो मेरे किसी भी सोशल मीडिया अकाउंट पर मुझे मैसेज करें या ईमेल करें और हम आपको अपने मिशन के बारे में ज़्यादा बताएँगे।

कभी यह न भूलें कि जादू अमल करने और काम में होता है। इस पुस्तक से आपने जो सीखा, बताएँ कि आपने उसमें से कितनी चीज़ों पर अमल किया और दूसरों के साथ उसे शेयर किया।

मेरा एक सपना है – मैं आपको शिखर पर देखना चाहता हूँ।

ज़्यादा सीखें। ज़्यादा करें। ज़्यादा बनें।

मुझे आप पर गर्व है।

प्रेम और शक्ति

—दीपक

जीवन और व्यवसाय में काया-कल्प के लिए दीपक बजाज के टूल्स और सेवाएँ

सफलता का हर अगला स्तर आपके एक भिन्न संस्करण की माँग करता है।

लगभग दो दशकों से मेरा जुनून और ज़िंदगी का मक़सद यही है कि मैं लोगों को उनके सपनों तक आसानी से तथा ज़्यादा तेज़ी से पहुँचाने के लिए टूल्स और ट्रेनिंग तैयार करूँ। मेरी सभी पुस्तकें, ट्रेनिंग, वीडियो, ऑनलाइन कोर्स, वर्कशॉप्स, व्याख्यान और मेरी हर चीज़ इस मिशन पर केंद्रित है। मेरा दृढ़ विश्वास है कि हममें से प्रत्येक के भीतर महानता के बीज होते हैं और सही प्रेरणा, प्रशिक्षण तथा मार्गदर्शन से हम सभी अद्‌भुत उपलब्धियाँ हासिल कर सकते हैं। मेरी टीम और मैं सफलता, ख़ुशी तथा समृद्धि की आपकी इस यात्रा में योगदान देना चाहते हैं। हम अपने शोध-आधारित, व्यावहारिक, प्रमाणित और लगातार विकसित होने वाले टूल्स तथा समाधानों के ज़रिये ऐसा करना चाहते हैं।

मेरे सभी टूल्स और प्रशिक्षणों का एक स्पष्ट लक्ष्य होता है - इसकी वजह से तुरंत परिवर्तन और स्थायी रूपांतरण होना चाहिए। मेरा यह भी विश्वास है कि शांति, स्वास्थ्य, संबंधों और संतुष्टि के बिना सफलता खोखली होती है। इसलिए हम जो भी करते हैं, उसका उद्देश्य आपको पूर्ण और स्थायी काया-कल्प प्रदान करना है, हालाँकि कुछ लोग मुझे प्रेरक वक्ता कहते हैं, लेकिन मेरा मानना है कि प्रेरणा अस्थायी होती है, रूपांतरण स्थायी होता है। हमारे पास आपके पूरे जीवन और बिज़नेस के रूपांतरण

के लिए बहुत से संसाधन उपलब्ध हैं। आपको हमारी वेबसाइट www.deepakbajaj.biz और हमारे सोशल मीडिया अकाउंट्स पर ज़्यादा विस्तृत विवरण मिल सकते हैं। यहाँ हमारे मुख्य टूल्स एवं सेवाओं की एक झलक नीचे दी गई है।

सफलता का कोई रहस्य नहीं होता, सफलता का हमेशा एक सिस्टम होता है।

–दीपक बजाज

#1. मुफ़्त वीडियो ट्रेनिंग : दीपक बजाज के यूट्यूब चैनल को सबसे विश्वसनीय, रूपांतरकारी और एक बड़ा मुफ़्त ऑनलाइन प्रशिक्षण संसाधन माना जाता है। यहाँ आपको जीवन बदलने वाले बहुत से वीडियो प्रशिक्षण मिलेंगे, जो आपको अगले स्तर तक ले जाने वाले ज्ञान, टूल्स, विचारों और तकनीकों की जानकारी देंगे। आपको www.youtube.com/deepakbajaj. पर डायरेक्ट सेलिंग/नेटवर्क मार्केटिंग, संबंध, टीम बनाने, सफलता, लक्ष्य, सोशल मीडिया में महारत, नेतृत्व, टाइम मैनेजमेंट, लाइफ़ मैनेजमेंट, सार्वजनिक संभाषण, संप्रेषण और बहुत से अन्य विषयों पर 550 से अधिक वीडियो मिलेंगे। अक्टूबर, 2022 में यह पुस्तक लिखे जाने तक इस चैनल पर 150 से ज़्यादा देशों के 8,70,000 लोगों के 4 करोड़ व्यूज़ हो चुके हैं।

#2. ऑनलाइन कोर्सेस – दीपक के अग्रणी ऑनलाइन कोर्सेस में आप अपने मोबाइल से घर बैठे सर्वश्रेष्ठ अंतरराष्ट्रीय ज्ञान, टूल्स, योग्यताओं और विचारों में महारत हासिल कर सकते हैं। इन कोर्सेस को अनूठी एनएलपी आधारित पद्धति से बनाया और सिखाया गया है तथा गतिविधि-केंद्रित होने के साथ इनमें होम वर्क और लाजवाब कम्यूनिटी सर्पोट भी मिलता है, ताकि आपको ऑनलाइन कोर्स से भी अविश्वसनीय परिणाम मिलें।

#3. पुस्तकें – आपके हाथों में इस समय जो पुस्तक है, वह दीपक बजाज की चौथी पुस्तक है। दीपक की तीन अन्य पुस्तकें *बनिए सोशल मीडिया मिलियनेयर*, *एचीव मोर, सक्सीड फ़ास्टर* और *बनिए नेटवर्क मार्केटिंग मिलियनेयर* डायरेक्ट सेलिंग उद्योग में सबसे ज़्यादा पढ़ी जाने वाली पुस्तकों में हैं। ये अनिवार्य मार्गदर्शिकाएँ हैं, जिन्होंने अंतरराष्ट्रीय स्तर पर बहुत सी

कंपनियों के लाखों डायरेक्ट सेलर्स को उत्कृष्ट परिणाम दिए हैं। आप उन्हें ऑनलाइन ख़रीद सकते हैं या अपने नज़दीकी किसी भी बुकस्टोर से ख़रीद सकते हैं। दीपक ने कुछ बेहतरीन ई-बुक्स भी लिखी हैं, जिन्हें आप हमारी वेबसाइट www.deepakbajaj.biz से मुफ़्त में डाउनलोड कर सकते हैं।

 # 4. लाइव ट्रेनिंग इवेंट्स : दीपक के लाइव ट्रेनिंग इवेंट्स उनसे आमने-सामने सीखने और रूपांतरण का अनुभव प्राप्त करने के सर्वश्रेष्ठ अवसर हैं। उनके कार्यक्रम अविश्वसनीय ऊर्जा और असली ज़िंदगी के रूपांतरण के लिए मशहूर हैं, जो कार्यक्रम के दौरान ही शुरू हो जाता है। यह लिखे जाने तक 17 लाख से ज़्यादा लोग इन वर्कशॉप्स/ट्रेनिंग इवेंट्स में हिस्सा ले चुके हैं। ये वर्कशॉप्स हमेशा हाउसफुल रहते हैं, क्योंकि इनकी सिखाने की पद्धति अनूठी है, परिणाम देने वाली गतिविधियाँ हैं, सर्वश्रेष्ठ अंतरराष्ट्रीय कोर्स सामग्री है, रूपांतरकारी टूल्स और असली जीवन की तकनीकें हैं।

 # 5. उच्च प्रदर्शन कोचिंग – जो लोग सर्वश्रेष्ठ हासिल करना चाहते हैं, वह भी तूफ़ानी गति से, तो उन लोगों के लिए उच्च प्रदर्शन कोचिंग प्रोग्राम है, जहाँ दीपक व्यक्तिगत रूप से आपको या आपके संगठन को आपके चुने हुए क्षेत्र में उत्कृष्टता के अगले स्तरों पर पहुँचाने के समाधान बताते हैं - स्वास्थ्य, ख़ुशी, मुनाफ़े या बिज़नेस को कई गुना करना, भावनात्मक चुनौतियाँ आदि।

 # 6.मुख्य भाषण – दीपक को नियमित रूप से कंपनियों, विश्वविद्यालयों, डायरेक्ट सेलिंग कंपनियों और बहुत सी स्वायत्त संस्थाओं द्वारा उनकी अनूठी जोशीली तथा रूपांतरकारी शैली में भाषण देने के लिए आमंत्रित किया जाता है, जो न सिर्फ़ ऑडिएंस को प्रेरित करें, बल्कि मनचाहे परिणाम भी दें। दीपक इन भाषणों में अनूठे टूल्स और तकनीकें बताते हैं, जिनसे डिस्ट्रिब्यूटर मीट्स, वार्षिक समारोहों, लीडरशिप ट्रेनिंग प्रोग्राम और कंपनी के कनवेंशन्स का मूल्य बहुत ज़्यादा बढ़ जाता है। ये भाषण आम तौर पर 30 मिनट से 2 घंटे के होते हैं और इन्हें आयोजकों की आवश्यकता के अनुसार ढाला जा सकता है। दीपक हर भाषण से अचूक सफलता हासिल करने के लिए 6 घटकों वाले एक अनूठे फ़ॉर्मूले के साथ काम करते हैं।

#7. कस्टमाइज़्ड ट्रेनिंग्स – दीपक और उनकी टीम कंपनियों, विश्वविद्यालयों, डायरेक्ट सेलिंग कंपनियों और डायरेक्ट सेलिंग टीम्स के लिए बहुत से विषयों पर कस्टमाइज़्ड ट्रेनिंग आयोजित करते हैं। दीपक का कॉरपोरेट अनुभव, अंतरराष्ट्रीय एनएलपी सर्टिफ़िकेशन और 17 लाख से ज़्यादा लोगों को 19 वर्ष तक प्रशिक्षण देने का अनुभव उनके द्वारा आयोजित हर ट्रेनिंग में तुरंत परिवर्तन और स्थायी रूपांतरण ला सकता है। दीपक सभी मुख्य नेटवर्क मार्केटिंग कंपनियों के लिए ट्रेनिंग के नंबर वन विकल्प हैं।

समस्त आवश्यक जानकारी के लिए यहाँ जाएँ –

www.deepakbajaj.biz

एक यात्रा का अंत दूसरी यात्रा का प्रारंभ है।

–दीपक बजाज

आपसे एक बार फिर जल्दी ही मिलने की प्रत्याशा में।

आभार

मेरे हर पाठक, सोशल मीडिया फ़ॉलोअर, मेरी वर्कशॉप्स/इवेंट्स के हर प्रतिभागी, मेरे कोचिंग क्लाएंट्स, मेरी टीम के साथियों और आपमें से हर व्यक्ति के प्रति मैं बहुत आभारी हूँ, जिन्होंने अपनी उपस्थिति तथा बुद्धिमत्ता से मेरे जीवन को छुआ है। आपके साथ हुए हर संपर्क का मुझ पर गहरा असर हुआ है और उसी की बदौलत मैं वह बन पाया हूँ, जो मैं आज हूँ। आप मुझ पर हमेशा प्रेम, समर्थन और दुआएँ बरसा रहे हैं। आप सभी ने मेरे प्रति जो किया है, वह अमूल्य है और मैं उसके लिए आपको जितना भी धन्यवाद दूँ, कम है। यह पुस्तक पूरी तरह से आपकी है। बहुत-बहुत धन्यवाद।

मैं जो भी करता हूँ, उसके पीछे एक अविश्वसनीय समर्थन तंत्र है - मेरा परिवार। मेरा सौभाग्य है कि मुझे अपने परिवार में ये सब मिल गए हैं - मेरे सबसे अच्छे मित्र, साथी, साझेदार, परामर्शदाता, चियरलीडर और मेरे सबसे बड़े समर्थक। मैं उस प्रेम, परवाह, समर्थन, स्नेह और प्रेरणा के बिना कुछ नहीं होता, जो आप सभी मुझे देते हैं। पापा, मम्मी, तनिमा, गौरव, दिव्या, देवांशी, चिरायु, प्रशंसा, निर्भय और सक्षम को बहुत-बहुत धन्यवाद।

मेरे भाई और साझेदार गौरव बजाज के प्रति मेरी विशेष कृतज्ञता। वे हमारी समूची उपलब्धियों की बुनियाद हैं। मेरा मानना है कि वे इस संसार के सर्वश्रेष्ठ डायरेक्ट सेलिंग लीडर हैं।